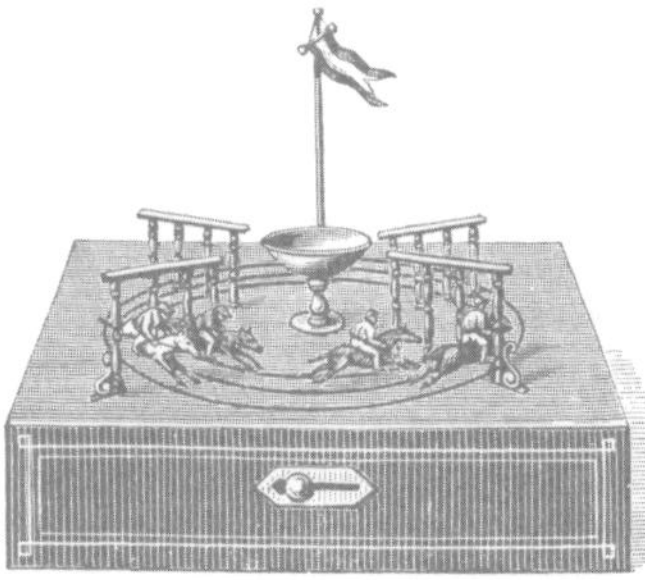

レーモン・クノー

〈与太郎〉的叡智

Shuichiro Shiotsuka
塩塚秀一郎

白水社

レーモン・クノー　〈与太郎〉的叡智

［カバー写真］
新世界ルナパークのジオラマ（提供：通天閣）

装幀　間村 俊一
組版　鈴木 さゆみ

レーモン・クノー　〈与太郎〉的叡智＊目次

はじめに――クノー事始め

古典落語に「火焔太鼓《かえんだいこ》」という噺《はなし》があります。売れるかどうかなどてんで考えもせず、自分の趣味に走った仕入れをしてきては、おかみさんに手ひどく叱られる古道具屋のおやじにまつわる逸話です。古今亭志ん朝《ここんていしんちょう》の口演では、売れそうもないガラクタを並べて平然としている道具屋のマクラから、「昔はよくこんな、品物が売れたって売れなくたって構わないというように、世の中ついでに生きているというような、ごくのんきな人がおりましたものですが」と小気味よく本題に入っていきます。この「世の中ついでに生きている」というのが、いいフレーズだなあと思って昔から気に入っていました。ついでで渡りきれるほど世の中甘くないのは百も承知だけれど、だからこそ、気分だけでもそうありたいものだと。

一方、我が若かりし頃の偏見で、文学などというものは、どうにかこうにか暮らせているのに、わざわざ「人生いかに生きるべきか」なんて問題を考えたりして、神経を病む人が描かれるものなんだろうと思っていましたから、落語ではないフランスの現代小説に、まさしく「世の中ついでに生きている」というほかないのんきな青年が描かれているのを発見したときには、驚くと同時にたまらなく嬉しくなりました。レーモン・クノー（一九〇三―七六）の小説『人生の日曜日』（一九五二）の主人公ヴァランタン・ブリュは、押しかけ姉さん女房の尻に敷かれたまま、手芸品店だの額縁屋だの、流行《はや》らない商売を任されているのですが、本気で商品を売るつもりにはとうてい見えません。きれいなボタンを顧客のご婦人にさんざん見せびらかした挙げ句、これらは自分のコレクション用だから売りたくない、などと言い放つ。商売替えして額縁屋を始めても、暇にあかして爪や耳の垢掃除に熱中し始めるわ、靴下を脱いで足のタコの治療を始めるわと、商売をほったらかしにするうちに、客を逃してしまう始末。この御仁《ごじん》、そもそも結婚当初から普通ではありません。商売のかき入れ時だから一人で新婚旅行に行って頂戴《ちょうだい》、などと新妻から無茶な提案をされてもなぜかあっさり受け入れてしまいます。単身ベルギーのブリュージュに旅立ったものの、乗り継ぎ駅のパリに荷物を預けたまま先に進んでしまい、旅先では十二日間同じ下着を着続けるはめになる。ドジとか軽率といった言葉では片付けられないような、途方もないズレっぷりなのですが、この男、ヴァランタンからは、笑わせようとか何かに抗《あらが》おうとかいう意図や力みは一切感じられず、まともでない行為が飄々《ひょうひょう》と「ついで」のように繰り出される様がなんとも可笑《おか》しいのです。

実は、クノーが生み出した登場人物のなかで、「ついでに生きている」風情の人間はヴァランタンに限りません。『人生の日曜日』から遡《さかのぼ》ること十年、『わが友ピエロ』（一九四二）の主人公ピエロも失敗ばかりやらかすダメ人間なのですが、愛される人柄ゆえに他人の助力を得てどうにかこうにか日々を生きのびています。ひとから知的だと言われたことなど一度もなく、頓馬《とんま》なことばかりする奴だのぼんやりした人間だのと言われつけてきたのに、それを苦にする様子もなく、きれいな景色やらおいしいお酒やらで簡単に幸福感に満たされてしまう。二十代後半というい い年をしながら、カフェのピンボールがべらぼうに上手く、ピエロが遊び始めると機械のまわりに人だかりができるほど。街をぶらぶら歩きまわるのが大好きで、貼り紙の広告だの、工場の機械の動きだのをのんびり眺めて喜んでいる。ヴァランタンとは違って、仕事には一応きちんと取り組んでいるようなのですが、サーカスのために動物を運ぶアルバイトをしながら、積み荷の猿と猪を何食わぬ顔でトラックの助手席に乗せて旅する様子からは、どこまで真面目にやってるのかつかみがたく、いかにも「ついでに生きている」気分が醸《かも》しだされています。

同時期のもうひとつの小説『ルイユから遠くはなれて』（一九四四）にも、愛すべき「ついで」の男が描かれています。この小説の主人公ジャックは、ヴァランタンやピエロとは違って、訳なく幸福になる資質には恵まれていないようで、仕事も愛情生活も思うにまかせません。その代償なのでしょうか、ままならない人生から逃避を図るかのように、ジャックは何かというと妄想の世界に没入してしまうのです。もっとも、映画スターやスポーツ選手になる妄想なら現実逃避とも言えるでしょうが、ジャックの場合はアパートの管理人に同一化してその冴えない人生を追体験してみたり、白昼夢の中でさらに白昼夢を見ては、幽霊になったり泥棒になったりしていて、多少ともましな人生に逃避しているようにも思えません。にもかかわらず、ちょっとしたきっかけをとらえては妄想に没入する様子からは、ジャックにとって妄想こそが真の人生であって、憂き世の生活は「ついで」に送っているのだとすら感じさせられます。

深刻ぶったり難解ぶったりするのが大好きなフランス現代小説において、落語まがいの主人公が登場することだけでもただごとではありませんが、これらの小説が書かれた時代背景を考慮するならなおさらその特異性が際立ちます。一九四二年から一九五二年まで、つまり、大戦中の対独レジスタンスや戦後の実存主義の流行と同時代にもかかわらず、『わが友ピエロ』、『ルイユから遠くはなれて』、『人生の日曜日』の三冊は、いかにものんきな主人公たちの他愛ない日常を描いていて、この時代には誰しも向き合わずにはいられなかったであろう深刻な問題、人間の実存や自由といった問題はいささかも考慮されているようには見えません。国の行く末から個人の生き方に至るまで、人びとが文学に考えるよすがを求めたであろう時代に、学問どころか思考にすら縁遠いような人物が立て続けに描かれたこと、そのこと自体が大きな謎と言えるでしょう。フランスの知的風土にそぐわない反時代的な作家、レーモン・クノーとはいったい何者なのでしょうか。

クノーの自伝的〈韻文小説〉『樫と犬』（一九三七）はこんなふうに始まっています。

ぼくは一九〇三年二月二十一日に／ル・アーヴルで生まれた。／
母は小間物屋、父も小間物屋。／二人とも小躍りして喜んだ。

ここには両親に望まれた生誕が屈託なく描かれていて、出生を不幸と見なす発想やら両親との葛藤の起源やら、ネガティヴな要素はみじんも見られません。もちろん、クノーとて成長してゆく過程では、親との軋轢《あつれき》も抱えただろうし、生まれたことを手放しで喜ぶ気持ちになれないこともあったでしょう。しかし、ともかくクノーが自らをこんなふうにあっけらかんとした屈託のない存在として押し出していることは間違いなさそうです。そしてまた、地方出身かつ庶民階級の出という属性も、クノーの文学世界を考えるうえで重要な要素となっています。パリ大学で哲学と数学を学んだ後、一九二五年頃からシュルレアリスム運動に参加しますが、二九年には運動のリーダー、アンドレ・ブルトンと決裂し脱退。指針を見失いしばらく迷走するものの、一九三三年には処女小説『はまむぎ』を発表します。この小説は、話し言葉や俗語の多用、発音通りの綴《つづ》り字、緻密な算術的構成など、後にクノーのトレードマークと見なされるようになる形式的特徴をすでに備えているのですが、それだけに留まらず、ものの「見かけと真実」をめぐる考察、世界に隠された秘密など、哲学的な思考のきっかけも含んでおり、何度読み返しても興味が尽きず、すべてが分かったとは思えないような豊かな小説です。

その後、先に紹介した三冊を含む小説や詩集をコンスタントに発表し、ユーモアとペーソスをもって庶民の生を描いた小説家として、また、俗語から科学用語までを駆使する言葉の軽業師として、クノーは知る人ぞ知る存在となっていきますが、大衆的な知名度を獲得するまでには、少女の繰り出す過激な俗語や卑語で話題となった『地下鉄のザジ』(一九五九)の成功を待たねばなりませんでした。主人公のザジは田舎からパリのおじさんのもとに一日を過ごしにやって来た少女。彼女が楽しみにしていたのは地下鉄に乗ることでした。ところが、あいにく地下鉄はストの真っ最中で、ザジは風変わりな大人たちとともに地上のパリの冒険へと乗り出してゆきます。蚤《のみ》の市を探索し、商店街を駆け回り、エッフェル塔に上ったあと、夜はホモ・キャバレーでショーを鑑賞する。明け方近くには、レストランで発生した大乱闘に加わるといったぐあいで、ドタバタが休みなしに展開してゆきます。

ところで、愚直に訳せば「地下鉄の中のザジ」となる題名にもかかわらず、結局ザジは地下鉄に乗ることはできません(小説の末尾で乗った時には眠っている)。少女によってあれほど熱烈に望まれながら一度も姿を現さない「地下鉄」。これはひょっとすると何かのメタファーなのではないかと考えてみることもできそうです。地下と対比されるべき地上の世界では、登場人物たちがパリの建築を指しては、「パンテオンだ、いやアンヴァリッドだ」と、それぞれ違うことを言い合っている場面がしばしば出てきます。ところが、それらが実際には何だったのかということは小説内で決して明示されません。その意味で、『地下鉄のザジ』の地上世界は、徹頭徹尾、攪乱《かくらん》された不確実な世界なのであり、「真実」は明かされないまま、読者の期待や欲求は宙づりにされたままになるのです。「地下鉄に乗る」というザジの欲望が決して満たされないように、読者の期待も裏切られ続け、建物や人物のアイデンティティに関する謎は最後まで解決されないまま、「真実」が得られないまま小説は終わってしまいます。「深遠なる真実」とか「隠された真実」などと言われるように「真実」がしばしば「深さ」と結びつくことを考えると、地下鉄によって体現されていた「禁じられた深み」は、「真理の不在」というかたちで、小説空間全体に行き渡っているとみることもできるでしょう。このように、クノーにおいてはドタバタ劇も「真実」をめぐる世界観の表出となっているようなのです。

年代が前後してしまいますが、『地下鉄のザジ』と並んで、クノーのもっとも知られた作品である『文体練習』（一九四七）についても触れておきましょう。この本はひとつの主題を九十九通りの文体で書き分けた断章によって構成されています。九十九の断章はどれもみな同じ内容、同じ出来事を扱っています。出来事といってもたいしたことはなく、バスのなかで起こったつまらない喧嘩の顚末《てんまつ》と、その張本人を語り手が後でたまたま目撃した、という報告に過ぎないのですが、このありふれた逸話をめぐって、ありとあらゆる文体上のヴァリエーションが生み出されていくのです。一見、他愛ないお遊びのようですが、こうした試みによって、語られる内容とそれを語る言葉は一致しているとの素朴な思い込みが揺さぶられ、言葉自体に潜んでいるいかがわしさが浮き彫りになる、そう言えなくもありません。唯一の現実すなわち「真実」が確固として存在しており、ただその認識のされ方によって報告文のスタイルが変わるというわけではなく、文体、書き方、言葉の選択によって、報告される出来事そのものが変わってしまう。そういう言語のあり方を私たちに気づかせてくれるとともに、やはりこの作品からも、誰にとっても同じただ一つの「真実」など存在しないという世界観が透けて見えるのではないでしょうか。

一般にはユーモア作家のイメージが強いクノーですが、このように、その作品には常に表面的なストーリーとは別の次元が用意されているようなのです。こうした一筋縄でいかない作品を書き続けた作家は、また、鋭い批評眼と博覧強記で鳴らし、百科事典の編集責任者を務める教養人でもありました。数学から博物学まで、古典文学から大衆文化に至るまで、クノーの知識と関心は知のあらゆる領域に及んでいます。しかも、クノーが興味を抱いていたのは、いわゆる正統的な知だけではありませんでした。権威あるガリマール社の事業『プレイヤード百科事典』の監修責任者を務めつつ、オーソドックスな知の対蹠点《たいせきてん》に位置するような逸脱学説にも関心を寄せ、若き日には『不正確科学百科事典』なるトンデモ言説集成を企画したことさえあったのです。フランス数学会の会員として数列に関する専門論文を発表する一方で、コレージュ・ド・パタフィジックなるおふざけ学会の重鎮として「想像力による解決の科学」を支持したりもしている。こうした活動と、『地下鉄のザジ』や『文体練習』が喚起する真実の揺らぎを考えあわせると、知に対するクノーの態度にはどこか他の知識人とは異なるところがあって、この作家は真実そのものに必ずしも価値を置いていなかったのではないか、とすら思われてくるのです。

第二次世界大戦前後という危機の時代に、歩く百科事典のような学知を蓄えた作家が、知や思考からいかにも縁遠く見える人物たちを主人公とする小説を書き続けていたこと、先に私はこのことを「大きな謎」だと言いました。こうした視点からクノーの小説を考える時、意表を突く見方を提示してくれるのが、哲学者アレクサンドル・コジェーヴによる評論「知恵の小説」（一九五二）です。コジェーヴは一九三〇年代のフランス知識人たちに、ヘーゲル哲学を彼独自の解釈とともに紹介したことで知られています。バタイユ、ラカン、ブルトン、メルロ＝ポンティといった錚々《そうそう》たる面々に連なりクノーもその講義に出席し、一九四七年には自らの編集で講義ノートを出版しています。クノーによる片思いのような情熱に応えたというわけでしょうか、その五年後、コジェーヴはかつての受講生が最新作『人生の日曜日』を出版したタイミングで、以前の二作『わが友ピエロ』、『ルイユから遠くはなれて』とあわせた三つの小説を哲学的に解釈する評論を発表したのでした。その中でコジェーヴは、「自分のことを十分に知りつつ完全に満ち足りている状態」というヘーゲル的な「知恵」の定義に基づいて、クノーの上記三小説の登場人物こそそうした知恵を備えた「賢者」に他ならないと喝破《かっぱ》したのです。「ひとから知的だと言われたことなど一度もなかった」というピエロを始めとして、「世の中ついでに生きている」風情の登場人物たちに知恵を見出したのは、コジェーヴの慧眼《けいがん》と言うべきでしょう。ただ、問題の評論はほんの十ページほどに過ぎないため、直感の大枠が示されているのみで、小説の具体的な読解が提示されているわけではありません。「ついでに生きている」面々の振る舞いには、悟りきった賢者として納得するだけでは済まない含蓄が感じられるのに、このままではあまりにもったいない。

そこで本書では、コジェーヴによって提示された直感から出発しつつ、人生における役割からも金銭からも勝ち負けからも超脱した「ついでの男たち」の生き方を、閉塞感漂う世の中で病みつつある我々の解毒剤として活用すべく……いや、止めておきましょう。今どきはこんなことでも言っておかないと、「フランス文学」などに関わる本は売れないらしいのですが、私もヴァランタンに倣って、自分が売りたいものだけを売りたい。私の願いは、クノーによる「知恵の小説」三部作を紹介しつつ、「ついでの男たち」のズレた行動をまずは笑って愉しみ、あわよくば、そのさらなる含蓄や豊かさを読者の皆さんとともに味わうことです。幸い、二〇一三年には水声社の「レーモン・クノー・コレクション」が完結し、クノーの主要小説は日本語で読めるようになりました。本書で取り上げる三つの小説も、その見事な翻訳がこのコレクションに収録されています。さらに、評論集『棒・数字・文字』(邦訳二〇一二年)やミシェル・レキュルールによる『レーモン・クノー伝』(邦訳二〇一九年)の翻訳も刊行され、ユーモアや言語遊戯にとどまらない、作家の多面性に接する環境が整ってきました。クノーの世界は「お笑いだけじゃない、芸術もあるんだ」(『地下鉄のザジ』)というわけで、笑いの裏には、哀しみと、冗談に包まれた知恵が確かに見出されるのです。本書を通じて多くの方がクノーの小説と出会い、一面的イメージには収まらない、新たな魅力を発見していただけたらと願っています。そしてついでに、病んだ現代社会を生き抜くヒントを見出していただけたなら、著者には望外の喜びと言うほかありません。

凡例

1．本書におけるクノー作品の参照は、水声社刊「レーモン・クノー・コレクション」（全13巻）所収の日本語訳により、引用箇所・該当箇所のページ数を漢数字で示すこととする（⑤菅野昭正訳『わが友ピエロ』水声社、二〇一二年／⑥三ツ堀広一郎訳『ルイユから遠くはなれて』水声社、二〇一二年／⑨芳川泰久訳『人生の日曜日』水声社、二〇一二年）。なお、文脈の都合から一部訳文を変更した場合がある。また、それぞれの章で論じる小説からの引用は漢数字のみで行い、他の章で論じる小説からの引用の場合は、『ピエロ』、『ルイユ』、『日曜日』などの略称で当該作品を明示する。

2．註は、本文中に（1）（2）（3）……と番号を振って、各章末にまとめて記した。

第1章　遊園地と礼拝堂『わが友ピエロ』——ピエロの場合

気晴らしの場所

レーモン・クノーは一九〇三年生まれですから、第一次世界大戦中に思春期を迎え、両大戦間期の前半に青春時代を過ごしたことになります。こうした生いたちとクノーの小説における登場人物たちの振る舞いは無関係ではないでしょう。彼らは何かと言えばカフェやビストロに集いおしゃべりに興じ、ゲームや賭け事を好み、釣り糸を垂らしつつ夢想にふけっています。クノーはもともと喘息《ぜんそく》の持病を抱えており、若い頃から死の不安に苛《さいな》まれていたうえ、多感な時期を戦争のさなかに過ごしたため、人間には気晴らしが必要だと実感していたのではないでしょうか。もちろん、クノーの描く庶民は、実存的不安や不穏な国際情勢を明確に意識しているようには見えませんが、作家自身は彼らに気晴らしが必要な理由をよく理解していたはずです。

実際、庶民に気晴らしをもたらすために設《しつら》えられた場所が、クノーの二つの小説において特権的な舞台となっています。遊園地と映画館。それぞれ、『わが友ピエロ』(一九四二)と『ルイユから遠くはなれて』(一九四四)において、小説の構成上重要なトポスをなしているのです。この章ではまず遊園地を舞台とする『わが友ピエロ』を題材にして、なぜ私たちは遊園地という気晴らしの場所を必要とするのか、その一方で、なぜ遊園地だけで満足できず、これとは対照的な「礼拝堂」のような場所をも求めてしまうのか、遊園地で遊び働く人々は本当のところ何を求めているのか、といったことを考えてみたいと思います。そして、この小説が舞台とする一九三〇年代後半と同じく、閉塞感の漂う時代を生きる私たちは、遊園地に集う愛すべき〈ダメ人間〉たちの生態から、肩の力を抜いてラクに生きる知恵を得られないものか、そんなことも期待しています。

『わが友ピエロ』の舞台となっている遊園地は、ハイテクを駆使した現代的エンターテイメント施設と素朴な縁日との中間にあると言えるでしょう。私が子供の頃、遊園地は特別な施設であり、鉄道に乗って遠くに出かけそれなりの入園料を払う必要がありましたから、日常的に親しめる場所ではありませんでした。一方、縁日のほうは、近所の神社で定期的に開かれており、なけなしの小遣いで綿飴を買ったり射的に興じたりするのは身近な楽しみのひとつでした。私は今でも遊園地が大好きなのですが、ジェットコースターやダークライド型アトラクションを好んでいるわけではなく、遊園地に漂う縁日的な雰囲気が気に入っているのです。ですから、ディズニーランドやユニバーサル・スタジオよりも、浅草花やしき、ひらかたパーク、故郷にあった到津《いとうづ》遊園、閉園してしまったとしまえんに惹かれます。遊園地だけでなく、フランスの広場で時折見かけるメリーゴーラウンドや、田舎の駅の縁日などに出くわすと、さらにそれが夕暮れ時だったりしようものなら、訳もなく涙を流してしまうありさまです。そんな私にとって『わが友ピエロ』は、ノスタルジックな遊園地ユニ・パークを舞台としているというただそれだけの理由で、我がオールタイム・ベストの一冊となっているのですが、主人公ピエロの飄々とした風情もまた、この小説の魅力の要をなしています。そこで以下では、『わが友ピエロ』において遊園地はどのような場所として描かれているか、そして、そこで働き遊んでいるのはどのような人々なのか、作品の具体的な場面を引きつつご紹介することにしましょう。

まず、『わが友ピエロ』の概要を簡単に示しておきます。二十代後半の若者ピエロは、安ホテルに寝泊まりしながら、パリの北はずれにある遊園地ユニ・パークで働いています。仲間のプティ・プース、パラディとともに、従業員として働く合間にはスプリングつき電気自動車や射的に興じ、経営者プラドネの娘イヴォンヌを、それと知らずデートに誘ったりする。時に失敗をやらかしてクビになっても、ほとぼりが冷めるとまた雇ってもらう。要するに、その日暮らしみたいなものながら、それなりに日々を楽しく暮らしているわけです。ところがある日、ユニ・パークが原因不明の出火によって焼け落ちてしまいます。果たして、事故なのか放火なのか、放火だとすれば犯人は誰なのか。こうした問いが随所で喚起される中、失業した元従業員のプティ・プースが探偵まがいの調査を始めるなど、小説はにわかに推理小説じみた雰囲気を醸し始めます。遊園地の放火が疑われるのは、繁栄を謳歌する遊園地に敵対する者、恨みを抱く者が少なからず存在するからですが、その最たる存在は遊園地に隣接する礼拝堂の番人です。あらゆる面で対照的な遊園地と礼拝堂は地域社会を二分していると言ってもよく、双方とつきあいのある人間はまず存在しません。そもそも、遊園地の近隣住人は礼拝堂の存在にすら気付いていないのです。あくせく働くことを潔しとせず、ぶらぶら町をほっつき歩くことを好むピエロだけが、遊園地と礼拝堂の両方に足を踏み入れ、二つの世界の秘められた関連に彼なりの洞察を加えることになります。遊園地の火災以降、物語が推理小説ふうの展開に傾斜する局面もありますが、結局のところ火災の原因は明かされませんし、小説の眼目も謎解きにはないようです。むしろ、火災で焼け落ちる遊園地と、地域住民から黙殺されつつ存続する礼拝堂、これら象徴的場所の対照的な運命こそが、小説が描き出そうとしているものと言えるでしょう。どうやら、遊園地も礼拝堂も何らかの寓意的役割を負わされているらしいのです。

コジェーヴの思想

それでは、『わが友ピエロ』において、遊園地はいかなる意味をもち、どんな寓意的役割を担っているのでしょうか。小説の主人公ピエロはパリ郊外の遊園地ユニ・パークに何度か従業員として雇われるものの、その都度、経営者を怒らせたりへまをやらかしたりして、一日でクビになってしまいます。同僚のプティ・プースとパラディも、遊園地内で起きた喧嘩騒ぎの責任を取らされ、間もなくクビになっている。ピエロも同僚たちも遊園地から解雇されているのですから、彼らのうちの誰かが恨みを晴らすために放火した、と疑うこともできるでしょう。さらに、ピエロら元従業員にとどまらず、ほぼすべての登場人物に遊園地に放火する動機があり、疑えば誰もが怪しくなってくる。もっとも、警察は事故だと断定しているようですし、放火の決定的証拠が見つかっているわけではありません。のちにピエロが振り返って総括するように、この遊園地火災は「解決すべき謎があるのかないのかまったく知りえない」出来事なのです。

さて、この小説が描いているのは、ピエロが遊園地に何度か雇われた後、火災を経て、別のアルバイトを始めるまでの数日間の出来事に過ぎませんが、エピローグでは一年後の後日談が語られており、隣接する礼拝堂が無事存続しているのに対して、遊園地の焼け跡には動物園が新設されていることが判明します。何やら意味ありげなこの設定が、哲学者アレクサンドル・コジェーヴによる寓意的読解を引き出したのですが、ここではそれを敷衍《ふえん》し発展させた哲学者ピエール・マシュレの論をご紹介しておきます。マシュレによると、『わが友ピエロ』における遊園地の焼失は、〈歴史の終わり〉を寓意的に表現しており、エピローグに登場する動物園は自然と和解した人類のあり方の比喩だといいます。

〈歴史の終わり〉とはいったい何を意味しているのでしょうか。自然状態に置かれていた人間は、歴史の過程において、労働により困難を克服し欲望を充足させてきたわけですが、ひとたび理想の状態に到達してしまえば歴史は進歩を止め、その後は同じ状態が永く続くと考えられます。一八〇六年にナポレオンがイエナの戦いで勝利を収めたとき、ヘーゲルはそうした理想状態がついに到来し〈歴史の終わり〉を迎えたと考えたとのこと。とはいえ、フランスやヨーロッパに限ってみても、十九世紀から二十世紀を通して歴史の激動は続くわけですから、〈歴史の終わり〉などとうてい言葉どおりには受け取れません。一九三〇年代にヘーゲルの思想を祖述していたコジェーヴは、スターリン体制あるいは共産主義に〈歴史の終わり〉を見出していたのだろうとも言われますが、いずれにせよ、マシュレが漏らしているように、戦前の知識人たちに「このような考えが〔…〕文字どおりに受け取られたというのはちょっと信じがたい」ところです。[1] クノーは本当に〈歴史の終わり〉の概念をまともに受け取り小説に取り入れたのか、それもこれから少しずつ考えてみるつもりです。でもその前に、『わが友ピエロ』がコジェーヴ思想を下敷きにしていると考えうる理由を確認しておきましょう。

歴史の終わりと賢者

多くの注釈者は、遊園地の火災とその後の動物園の建設を、〈歴史の終わり〉を寓意的に示す出来事であると解釈しています。本来、ヘーゲル＝コジェーヴの言う〈歴史の終わり〉とは、理想的な社会が変化なく続いていく状態を指しているのですから、遊園地火災が喚起する破局的な〈世界の終わり〉と結びつくわけではありません。この小説の寓意的解釈において重要なのは火災そのものよりも、その跡地に動物園が再建されていることなのです。というのも、コジェーヴによれば、歴史が完成した後には何も事件は起こらず、人間が知るべきことはもはや存在しないため、〈歴史の終わり〉を迎えた人間は動物的な存在へと移行していくとされているからです[2]。確かに、動物の世界に進歩は存在せず、歴史とは呼べない時間がえんえんと続いているだけでしょう。『わが友ピエロ』において焼失する遊園地は、社会進歩の原動力たる労働と欲望が集約された場所でした（遊園地では客が遊んでいるだけでなく、裏方として大勢のスタッフが働いている）。人間社会は労働と欲望に駆動され歴史を刻んできたわけですが、そうした事態を象徴する遊園地が焼失し無時間的な動物園が出現しているという意味で、「『わが友ピエロ』が歴史の終焉《しゅうえん》を主題にしていることはあきらか」だというわけです[3]。

もっとも、コジェーヴ自身は、ヘーゲルの思想とクノーの小説の関連を、〈歴史の終わり〉の概念そのものよりも、その時に出現するとされる〈賢者〉の概念に見出していたようで、先に言及した評論「知恵の小説」ではピエロに賢者の性質を認めています。賢者とは〈知恵〉を備えた人間のことですが、コジェーヴによれば、ヘーゲル的な〈知恵〉とは、自分のことを十分に知りつつ完全に満ち足りている状態のことを指します[4]。知恵には自己意識と満足の両方が必要なのであり、どちらが欠けてもいけないというのでしょう。自らの状況は把握できていないものの当座の生活には満足しているという様態は動物に近いものでしょうし、自分をよく意識しているがゆえに不満足であり不幸であるというのは、クノーが揶揄《やゆ》する哲学者やある種のインテリの自己意識であって、いずれも知恵からはほど遠いというわけです。コジェーヴの歴史観においては、〈歴史の終わり〉にこそ知恵を備えた賢者が現れることになります。なぜなら、それ以前、歴史の進行過程においては、不満があるからこそ進歩もするのですし、進歩のための認識の余地も残されていることになり、「満足」と「十全たる自己意識」がともにもたらされることなどありえないからです。しかしながら、ピエロのみならず、他の二小説の登場人物も、もちろん歴史の終焉以前の時間を生きているはずなのに、なぜ彼らを賢者とみなしうるのでしょうか。実は、コジェーヴ自身も評論の末尾で、歴史の終焉前にもかかわらず、どうしてこれらの登場人物は知恵に到達しえたのだろうか、と自問しています。(5) コジェーヴの答えは、『人生の日曜日』の物語世界を脅《かく》かす戦争――もちろん第二次世界大戦――は最終的なものとなるはずだから、〈歴史の終わり〉を画すことになるだろうというものですが、あまり説得的ではありません。もしもコジェーヴが考えるように、第二次世界大戦が〈歴史の終わり〉を画することになるとしても、一九三〇年代を舞台とする『人生の日曜日』や『わが友ピエロ』、『ルイユから遠くはなれて』が終焉以前を舞台としていることに変わりはないのですから。

ピエロの知恵

この難点を意識してか、マシュレは、コジェーヴの読解を祖述しつつ、『わが友ピエロ』に描かれる遊園地と礼拝堂の角逐《かくちく》に歴史の駆動力の寓意を読みとり、遊園地とも礼拝堂とも交際しつつ両者の対立から超然としているピエロに、〈歴史後の知恵〉、すなわち、歴史のあらゆる矛盾が克服されたときに生まれる知恵の所有資格を認めています。だからこそピエロは歴史の終焉以前に賢者となりえているのだ、と。(6) つまり、マシュレはコジェーヴがほとんど言及していない、遊園地／礼拝堂の対立への関わり方の中に、ピエロを賢者とみなす根拠を求めているわけで、歴史の駆動力たる欲望や労働の消滅が〈歴史の終わり〉を招来するというコジェーヴ＝ヘーゲルの基本図式は踏襲しているのです。この見方に立てば、遊園地の火災と動物園の開設はやはり〈歴史の終わり〉を寓意的に表現していることになります。

これに対して、ミシェル・ビゴは、『わが友ピエロ』の結末を〈歴史の終わり〉と同一視すること自体を疑問視し、それゆえ、ピエロをヘーゲル的賢者の引き写しとみなすことにも留保を付けています。[7] ピエロがコジェーヴ＝ヘーゲル的賢者の一面、すなわち、自己意識を伴う完全な満足をもつことは認めつつも、その知恵は古代ギリシア哲学から庶民の俗知まで、もっと豊かなニュアンスをもつはずだ、というわけです。コジェーヴやマシュレによる読解の基本的な有効性は認めつつも、それだけに限定してしまってはもったいないというビゴの指摘はもっともでしょう。『わが友ピエロ』は労働、欲望、闘争といった歴史の駆動力と〈歴史の終わり〉を寓意的に描いており、その世界においてピエロはある種の知恵を体現している。コジェーヴとマシュレによるこの大枠の図式を受けいれつつも、ピエロの知恵がもつ射程やニュアンスをより豊かにすくいあげること、これが本章の目的です。

カーニバル的空間

まず、マシュレが歴史そのものの寓意とみなす遊園地と礼拝堂の対立を概観することから始めましょう。『わが友ピエロ』で描かれる遊園地ユニ・パークは、二十世紀前半のパリ郊外に実在したルナ・パークをモデルとしています。この遊園地は、ジェットコースターやダークライド型アトラクションも備え、当時の最新テクノロジーを駆使するアミューズメントパークだったのですが、メリーゴーラウンドやコーヒーカップ、射的スタンドなどが建ち並ぶ当時の写真は、(8)ディズニーランドやユニバーサル・スタジオを知る現在の私たちには、いかにもノスタルジックな光景に映ります。

ユニ・パークのモデル、パリ郊外にあったルナ・パーク

実は、私たちにとってだけでなく、一九四一年から四二年にこの小説を執筆していたクノーにとっても、また同時代のパリ市民にとっても、こうした遊園地はノスタルジーの対象となっていたようなのです。ルナ・パークはすでに一九三一年に廃業しており、昔ながらの縁日も姿を消しつつありました。一九三八～三九年の近過去を舞台とする『わが友ピエロ』においても、ユニ・パークには「郷愁をかきたてる音楽」が流れていたりして、フィクションの中で甦った遊園地はすでにノスタルジックな雰囲気をたたえているのです。

一般に遊園地といえば、ノスタルジックか否かはともかく、庶民が日常の疲れを癒やしに訪れる夢の空間であり、詩的な情緒を醸しだす場所であるはずです。遊園地の経営側が大人の財布を標的にしているのは暗黙の了解事としても、子供が主役の夢の国は清潔で健全だというのが建前でしょう。ところが、クノーの描くユニ・パークでは若干様子が異なるようです。

〔…〕六月の日曜日から好天と雑踏とが吐きだされ、その好天と雑踏とが組みあわさったために、二十以上にのぼる娯楽施設の照明と音楽とを浴びて、黒々とした騒然たる沸騰と化している《ユニ・パーク》〔…〕。こちらではひとびとは円を描いてまわり、あちらでは高いところから落ちている、こちらではとても速く動き、あちらではジグザグに動いている、こちらでは押しあい、あちらではぶつかりあっている。いたるところで、ひとびとは腹をゆすったり、笑いころげたり、女の尻を追いまわしたり、おっぱいにさわったり、腕前のほどを発揮したり、自分の力量を測ったりしている、そして、笑いころげ、興奮し、埃を吸いこんでいる。（二三頁）(9)

「こちらでは……、あちらでは……」の繰り返しは、香具師《やし》や呼び込みの口調を思わせ、物語内の客たちとともに読者を遊園地のアトラクションへと誘い込む働きをしています(10)。楽しそうに笑い騒ぐ客たちの中で、よく見ると、助平な連中が「女の尻を追いまわしたり、おっぱいにさわったり」と不埒《ふらち》な行為に励んでいるではありませんか。実在したルナ・パークも深夜零時までの営業だったということですから、子供のための健全な遊技場というよりは、少々いかがわしくエロティックな大人の社交場だったのかもしれません。ルナ・パークに限らず、誕生初期の遊園地では、ダークライド型アトラクションの中で一部の客が人目をはばかる行為に及ぶなど、風紀の乱れは共通の悩みでした(11)。ピエロが最初に配属された《お笑い宮殿》も上品でお行儀のよい施設というにはほど遠く、突然段差がなくなる階段だの揺れ動く通路だので若い女性をさんざんいたぶり、挙げ句には足元から通風孔の風を浴びせてスカートの中身を暴いてしまうありさま。さらには、このエロティックな情景を求めて群がる見物人たちも大勢いて、遊園地の賑わいに貢献するとともに、期待していた光景が出現しなかった場合には不満を爆発させ暴動騒ぎを起こしたりもするのです。ちなみに、これらの助平男たちは小説内で「哲学者たち」と呼ばれています。本来「賢者」とよく似た人物類型のはずなのに、「哲学者」はまたずいぶんと落差のある人びとの呼称とされているものです。哲学者は現状に不満を抱えて新たな「知」を求めていると考えられますから（たとえそれが女性の下着であったとしても）、自己に満足している賢者より、下卑た人物像を割り当てられているということなのでしょうか。

このように、《お笑い宮殿》が典型的に示しているのは、遊園地がもつ「無礼講」的側面といえます。おそらく《お笑い宮殿》の原型はスティープルチェイス・パーク（コニーアイランド、一八九七年開園）の呼び物《バレル・オブ・ファン》に遡るのですが、二十世紀初頭のアメリカ遊園地文化に関する書物において、ジョン・F・キャソンは次のようにその意義を指摘しています。「スティープルチェイス・パークの第一の魅力は、社会の支配的な礼儀作法が徹底的に破られるのを目撃する公認の機会にほかならなかった。一時的に方向感覚を失ったり、ぶざまな姿を人目にさらしたり、他人と体を接触させたり、しり餅をついたり、人前で恥をかいたりすること――こうした、ほかの状況のもとでは、とても耐えられないような状態がたっぷりと笑いを提供することになる」[12]。ふだんの礼儀作法が破られ、社会的な序列も無効になり、男女間の距離さえ縮まって少々の肉体的接触など誰も気にしなくなる。これはまさしくカーニバルの世界であり、《お笑い宮殿》が演出しているのは、非日常の、ハレの空間であるといえるでしょう。

遊園地の裏面

しかしながら、遊園地が生活の憂《う》さを晴らしてくれる夢の国であり、ふだんの礼儀作法や秩序を転倒させるカーニバル的空間であるとしても、そこが日常から完全に隔絶された世界であることを意味するわけではありません。そもそも、《お笑い宮殿》のアトラクションは日常生活そのものからヒントを得ているらしいのです。

男女両性をまじえた最初の客の群れが、エスカレーターのてっぺんに姿を現わしたが、まばゆい照明に眼をくらまされ、男たちは見物人の意地悪な視線に、女たちは淫らな視線に、用心する間もなくいきなり曝されて面くらっていた。勢いに押されてエスカレーターから放りだされた客たちは、その結果、丁寧に磨きたてられた斜面を仰向けに滑り落ちていかざるをえなかった。〔…〕まったくのところ、こういう光景というものは、たとえ最小限に切りつめられた光景としてであるにはせよ、地下鉄の車内でつんのめった場合とか、バスから足を滑らせた場合とか、蠟をピカピカにひきすぎた床の上でひっくりかえった場合などには、なんの変哲もない日常生活においても現出されるものだということを、よく理解しておく必要がある。（一四－一五頁）

つまり、遊園地は日常から切り離された夢の国であると同時に、また一方では、日常と地続きの世界でもあるのです。日常とつながっているのはアトラクションだけではありません。先にも触れたように、客たちがハレの時間の遊戯に熱中している間、サービスを提供するスタッフは汗水垂らして働いているわけですし、客たちの遊戯にしても、日常生活の価値観から完全に切り離された罪なき無邪気な性質のものばかりとはいえません。射的では景品を「稼ごう」とするのだし、スプリングつき電気自動車の敷地は相手を求める男女にとって出会いの場となっています。「二人は彼女らが何度も衝突したすえ、彼らのそばを通る機会がくるのを辛抱づよく待った。そして、その機会がくると、恥ずかしげもなく娘たちに声をかけた。彼女らは最初はこの申しこみを歯牙にもかけず、依然として遍歴をつづけていたけれども、やがて場内全体の混乱のために二人の色事師の前に押しつめられてしまうと、にっこり微笑を投げかけてくれた」（二四頁）。また、《お笑い宮殿》で期待通りに女性の下着を拝めなかった連中は不満から殴り合いを始め大乱闘になっていますし、ごろつきまがいの男たちも園内をうろついているようです。要するに、『わが友ピエロ』において、遊園地ユニ・パークは、庶民の気晴らしのための、のんきで郷愁を誘う空間として描かれているだけでなく、資本の論理や欲望、闘争などが渦巻く醜い俗世間の縮図という一面も持ち合わせているのです。このようなユニ・パークのもつ二面性は、遊園地の経営者プラドネが、園内のタワーにある自宅から、自らの〈帝国〉を見下ろす場面の描写にはっきりと読みとることができます。

《ユニ・パーク》は煌々と輝き、群衆でうごめき、高らかに響きわたりながらひろがっていた。音楽、騒音、叫喚がすべて一緒になって立ちのぼっていた。それらが一挙に束になって耳をつんざくのだ。じっと動かぬ光やさかんに揺れうごく光など、じつにさまざまな色彩の光の上には、高い塔にくくりつけられた飛行機が、すでに暗くなった地帯、したがって詩的になった地帯のなかを、静かに輪を描いてまわっていた。しかし、その下のあたりはチーズの塊りに、黒い幼虫の群れが螢の光に照らされながらモゾモゾと這いあがってでもいるような、そんなチーズの塊りにまったくよく似ていた。（五三－五四頁）

まず、私たちの注意を引くのは、マシュレも指摘しているように[13]、遊園地のお祭り騒ぎを描いているにもかかわらず、「音楽」の削除などわずかな改変によって、この一節がまるで空襲の描写のようにも読まれうることです。あたかも、後の破局的火災を予告するかのようですが、お祭り騒ぎそのものの中に戦争に通じる暴力性が内包されているということなのかもしれません。いずれにせよ、遊戯の楽しさや夢という〈光〉と、人々の闘争や欲望の衝突という〈闇〉とが、この一節において対比的に共存しているのが印象的です。そして、遊園地のもつ〈詩的〉な側面と、「黒い幼虫の群れ」に象徴される〈不気味な〉〈醜い〉側面がともにあることも。

遊園地と礼拝堂

このように、遊園地そのものが二面性をもっているわけですが、人間のもつ二面性、すなわち、食べるために働いては遊び休息するという〈俗〉の側面と、死すべき運命を案じ超越的な存在に思いをはせる〈聖〉の側面、この二面性を象徴的に引き受けているのは、遊園地ユニ・パークとそれに隣接するポルデーヴの礼拝堂の組み合わせです。ちなみに、モデルとなった遊園地ルナ・パークもサン＝フェルディナン礼拝堂と隣りあっていたとのことで、クノーは快楽と死の隣接を目の当たりにして強い印象を受けたようです。ユニ・パークの経営者プラドネは、礼拝堂が敷地の一画に「黒点」をなしていること、光り輝く自らの「地所が四辺形でないこと」が気に食わず、礼拝堂の番人ムンヌゼルグに敷地を売り渡すよう執拗に求めています。他方、ムンヌゼルグは「お墓のすぐそばに遊び場を建てるとは恥ずべきこと」と考え、礼拝堂の場所で事故死したポルデーヴの王子の魂をなぐさめ、その「思い出を保存したい」との使命感から、経営者の申し出に頑として応じません。こうした経営者と番人の角逐のみならず、小説内の遊園地と礼拝堂は、さまざまな仕方で、その対照的性質が強調されています。礼拝堂の番人との敷地売却交渉が決裂したのち、経営者プラドネは自宅のテラスからユニ・パークを見下ろしています。

いつもと同じように、光と騒音がほとばしっていたけれども、プラドネの注意は静寂と闇の地帯にしか向けられなかった。まず最初にポルデーヴの礼拝堂、そしてつぎに〔…〕《ユニ・パーク》のちょうど真向いのところに〔…〕開設されたばかりの《ママール・サーカス》という新しい苛立ちの種に。（一二三頁）

この一節に読まれるように、遊園地と礼拝堂は、光と闇、騒音と静寂、という対立によって特徴づけられていますが、それのみならず、祝祭と喪、群衆と孤独、などさまざまな葛藤を体現しているのです。先ほど、ユニ・パークがもつノスタルジックな性質に言及しましたが、それはあくまで現在の視点から見て、あるいは、執筆当時のクノーの感情においての話であり、一般的には遊園地を特徴づけているのはその時々の最新テクノロジーなのです。ずいぶんレトロに思えるユニ・パークや実在したルナ・パークのアトラクションにしても、機械仕掛けが象徴しているのは進歩の思想であり、その視線の先にあるのは未来です。一方、礼拝堂は過去の記憶を保存することをその使命のひとつとしているわけですから、両者のせめぎ合いは、未来と過去、忘却と記憶の対立をも反映しているといえるでしょう。

礼拝堂の前史

このように、遊園地と礼拝堂はさまざまな意味で対照的でありながらも、両者の根っこはつながっていることを示唆しているのが、番人ムンヌゼルグがピエロに語る礼拝堂（と遊園地）の前史です。それによれば、遊園地と礼拝堂が建っている土地一帯はもともとムンヌゼルグの父親の所有だったのですが、彼が父から相続した時点では、現在礼拝堂と向かいの住居が占めている小さな土地しか残っていなかった、といいます。もともと一人の人間の資産であった土地が分裂して遊園地と礼拝堂になったという事態は、マシュレが看破したように、「聖なる世界と世俗的世界がじつは、自己矛盾をきたしたことによって分裂したひとつの同じ世界を表している」[14]ことを意味しています。しかし、遊園地と礼拝堂の起源が同じだというのは、単に、もともとは同じひとつの土地だったというに留まりません。マシュレが「自己矛盾」と述べているように、ムンヌゼルグの生家そのものが「聖なる世界」と「俗なる世界」に引き裂かれた場所なのです。彼の父親は芸術家気質で陰気なたちでもあり、俗世間の交際や快楽を葛藤なく受けいれて楽しむ人間ではなかったようです。「父はいまだったら、ラテ（芸術の落伍者）といわれるような男でした。それにもかかわらず父はやはり幸せだった、わたしにはそう思えますねえ、もちろん、いくぶんかの心残りはあったでしょうけれど。父は自分は芸術家なんだと信じこみ、画家になりたいと思ったんですが、結局はまあ、ある男好きの娘、つまりわたしの母親に、子供を産ませることしかできませんでした」（七二頁）。もちろん、芸術家がそのまま「聖なる世界」の住人であるわけではないにせよ、「今ここ」とは異なるもの、超越的なものへの希求が芸術の根源的な動機をなすことは確かであり、「芸術の落伍者」として高みを望みつつも、生活のために地べたを這いまわらざるを得なかった父親は、「聖なる世界」と「俗なる世界」をともに生きる人間だったのです。

そうした父親の気質を一部受け継いだと自負するムンヌゼルグは、礼拝堂の萌芽と遊園地の萌芽をいずれも宿す環境で育っています。前者についていえば、郊外にある生家の周辺は物騒でしょっちゅう殺人事件が起きていたと、ムンヌゼルグは繰り返しピエロに語っている。「ときおり、バラバラになった女の屍体や、バラされた警察のイヌの屍体が見つかることもありましたっけ。〔…〕わたしは、何度となく、闇のなかで誰かが悲鳴をあげる声を聞きましたよ。それはまったく、身の毛もよだつほどでしたな」（七一頁）。こうした記述は怪奇小説やゴシック小説のパロディーという意味合いをも持つのでしょうが、幼いムンヌゼルグが絶えず死を意識させられる環境に育ったことを示唆しています。こうした陰惨な雰囲気を嫌って、ムンヌゼルグは徒弟奉公や兵役にかこつけ生家を離れるものの、やがてホームシックにかかって帰郷することになります。かつての禍々《まがまが》しい郊外一帯はどう変わっていたのか。

わたしの不在中、この一角にはほんの僅かな変化しか起こってませんでした。バラック建ての家や郊外公園がふえてはおりましたし、空地にはスポーツ好きの連中の熱中している姿も見えはしました。シャイヨ通りの角に、鼠競技場があって、一群の与太者や、犬好きの連中や、金のある連中の好みを満足させたりしてはいましたよ。しかし、夜になると、こうしたものもすべて胸を締めつけるような静けさに落ちこんで、ただ殺される人間の断末魔の訴えが、静寂の深さの虜になった人間の心を紛らしてくれるだけというありさまでしたな。(七三頁)

ムンヌゼルグの故郷は相変わらず死の雰囲気に包まれ深い静寂に沈んでいるのですが、一方で、「スポーツ」や「鼠競技場」など遊園地の萌芽が出現しています。つまり、寂《さび》れた郊外一帯が礼拝堂と遊園地に、聖なる世界と俗なる世界に分裂する兆しをこの時点ですでに見せているのです。もっとも、死者の世界に親和的だった郊外が、ムンヌゼルグの不在中に突然「俗化」して遊園地の萌芽を抱え込んだというわけではありません。ムンヌゼルグがピエロに語る生い立ちを注意深く読むならば、生家はもともと遊園地的雰囲気をも混えていたらしいのです。芸術家気質だった父親が選んだ生活手段はどんなものだったのか。

しばらくのらくら暮らしたのち、わたしの父は遂にある職業を選びました、蠟細工の仕事をね。

ほうぼうの移動見世物小屋の展覧会や人体解剖模型の博物館に、自分の芸術をせっせと供給しつづけました。父は、パリ地区でいちばん評判の高い人体模型制作者でしたよ。非の打ちどころなく似たものを上手に作りだしましたし、その材料を使って、人相の特色とかあるいはさまざまな器官の変状や肉づきの衰えとかを、父ほど巧みに再現できる者はおりませんでしたな。さきほど、わたしの子供のころ、この界隈には心丈夫なものがまるでなかったと言いましたが、しかしわたしの家のなかはもっとひどいものでしたな。わたしは父の仕事場へ足を踏みいれたことはありませんでしたけれど、それでもときおり、思いがけぬ場所で、硬直した顔にぶつかって、そのエナメル塗りの眼に怯えたり、汚らしい物体に出くわして消化の調子を狂わせたりすることがありました。そして、寝床に就いてから、脈絡のない嘆きの声とか希望をもたぬ訴えの声が聞えてくると、まだなりたてのほやほやで血に濡れているその死人が、いまにもわたしたちの家のなかに侵入してきて、蠟人形どものぞっとするような合唱を指揮しそうな気がしたものでしたよ。ベッドのなかで、わたしはべっとり不安の汗をかいたものでした。(七二―七三頁)

ムンヌゼルグの父親は、見世物小屋や解剖博物館という縁日的なスペクタクルのために働いていただけでなく、この仕事のせいで、生家そのものがまるでお化け屋敷のようだったというのです。しかも、家の周囲に漂う死の雰囲気と家の内部の縁日的ガジェットは、互いに協働しているようにすら感じられたというのですから、死者の世界と縁日の世界は、礼拝堂と遊園地の誕生以前に、ムンヌゼルグの故郷であるパリ郊外で、それぞれの萌芽を絡みあわせていたことになります。これは偶然なのでしょうか。生家が位置するパリ郊外という場所柄を考えてみましょう。ユニ・パーク開園以前、ムンヌゼルグの生家一帯はこんなふうに語られています。「わたしどもの家のまわりにあるものといったら、空地、小さな工場、納屋やら厩舎やら、郊外貧民地域のバラック建ての家、いろいろな不衛生な企業、屠畜業者、農園だけでしてな、さらに牧場まで」（七一頁）。いまだ小さく、手工業的なものですが「工場」があったといいます。それが、ユニ・パークが開園している小説の現在時においては、「自動車修理工場」や「機関銃の製作所、飛行機工場、マイナーメーカーの自動車修理工場」などが林立する一帯となっています。つまり、遊園地のすぐ近くに工場地帯のような現代的郊外風景が広がっているわけで、実際、ユニ・パークのモデルとなったルナ・パークも、ポルト・マイヨ近くの郊外に位置していました。広い用地が存在し、なおかつ工場労働者の娯楽の場として需要も期待できたため、都市周辺の郊外に遊園地を建設することは合理的な選択だったのです。ユニ・パークが立地する郊外は、街とその外部のはざまに位置する〈混成的空間〉なのです[15]。その意味で、郊外にあるムンヌゼルグの生家が、田舎の静寂と都会の喧噪、死者の世界と縁日の世界、聖と俗の混成として存在しており、礼拝堂と遊園地の萌芽をともに内包していたことには、必然性があったとも言えるでしょう。そして、礼拝堂と遊園地が起源を同じくしているという設定は、小説の寓意的読解においてきわめて重要な意味をもってきます。すでに述べたように、礼拝堂は隣りあっているというより遊園地に圧倒され飲み込まれかけていました。両者の角逐が小説の枠組みをなしているわけですが、この対立はまた人間が抱える二面性、聖と俗の二面性を体現するものでもあるでしょう。人は生きていくために働かねばならず、ときにはつらさを忘れるために遊び呆ける。一方で、基本的な欲求が満たされたとしても、死すべき運命を思い祈らずにいられないのもまた人間の姿です。我々の日常の圧倒的部分が働き遊ぶことから成り立っており、ともすると死すべき運命や「いかに生きるべきか」といった問題を忘れがちであることを考えれば、遊園地と礼拝堂の力関係は人間のあるがままを反映しているとは感じられないでしょうか。

遊園地火災の謎

ここまで見てきたように、遊園地と礼拝堂はひとつの世界から分裂して誕生しながら、ことごとく対照的な性質を持ち、四辺形の敷地内に隣接しながら角逐を繰り広げています。そして、この角逐は寓意的に人間の聖なる面と俗なる面の相克を体現するのみならず、擬似推理小説としての『わが友ピエロ』に〈謎〉らしきものの素材をも提供しているのです。先にも述べたように、小説の半ばでユニ・パークは火災によって焼失してしまいますが、火災そのものは第五章と第六章のあいだで起きており直接描かれてはいません。ピエロをはじめ主要登場人物たちは、焼け跡での弥次馬の証言や新聞報道によって出来事の概要を知るのであり、災害の原因が不明である以上、事故とも事件とも決められずにいます。もしも火災が放火によるものだとすれば、主要登場人物のほぼすべてに動機があり怪しいと言え、推理小説の枠組みがあからさまに踏襲されています。ピエロやパラディ、プティ・プースら元従業員（解雇を恨んでの復讐）、遊園地の経営者プラドネ（遊園地改装のための保険金目当て）、隣接する礼拝堂の管理人ムンヌゼルグ（敷地の売却圧力への反抗）、経営者の正妻（愛人をつくって別居中の夫プラドネへの恨み）、動物飼育業者ヴッソワ（焼失した遊園地の敷地に動物園を開設）、遊園地の客たち（火災の前日に暴動を起こしている）など、誰が放火犯であってもおかしくありません。遊園地と対立しているムンヌゼルグが怪しいのは一目瞭然ですが、ほんの一場面にしか登場しない経営者の正妻さえも、火災の前、娘イヴォンヌとの食事中に、自らに疑いが向きかねないようなことを口にしています。「だけどね、どっちみち、プラドネはいつかは報いを受けることになるよ」（二〇二頁）。また、動物飼育業者のヴァッソワは、パリから離れた地方都市パランサック在住のため、疑われにくい立場にいるはずなのに、火災を報じる新聞を見ながら遊園地の焼失を喜ぶような挑発的発言をしている。「新聞を読んでるうちに、わたしはあの不燃性の建物がパチパチと音をたてるのが聞こえ、不燃性でないものが燃えるのが眼に見えたよ。なんとも愉快な光景さ！」（二〇四頁）。このように、登場人物の誰もが疑われうるよう周到に仕組まれているのです。

抜かりなく記されているのは動機だけではありません。動機が弱いと思われる人物については、アリバイの面から疑いが向くようになっています。たとえば、ピエロら元従業員たちは復讐という一応の動機を備えているとはいえ、のんきで物事を深く考えない労働者たちが、果たしてそんな大それた振る舞いに及ぶだろうかという疑問も残るでしょう。ユニ・パーク火災が起きる直前の夜を描いた第五章の末尾では、ピエロ、パラディ、プティ・プース一行のはしご酒がこと細かに記述され、遊園地に隣接する《ユニ・バー》を追い出されたのが午前「二時五分前」だったと、精確な時刻まで明示されています。酔っ払いの行動が分刻みで記されていること自体も違和感を醸すものではありますが、この記載が重大な意味を帯びるのは、次の第六章で、火災の発生を目撃していたと称する男（ママール・サーカスの動物使いプセルミ）の証言によって、「飛行機がひとつずつ塔から離れて、《ユニ・

パーク》のさまざまな箇所に墜落していって、いたるところに火をつけたとき」（一五一頁）が午前「三時頃」だったと判明するからです。酔っ払ったピエロたちが「二時五分前」に遊園地に忍び込んで、元従業員の知識を生かして飛行塔を操作し、火災を引き起こしたとも考えられる。ただし、この目撃証言が正しいという保証はどこにもありません。商売敵のサーカスに勤めるこの男自身にも放火の動機があるわけで、冤罪《えんざい》をでっちあげようとしている可能性もあるのです。『わが友ピエロ』はあくまで擬似推理小説に過ぎませんから、結局「犯人」は分からないばかりか、そもそも肝心の火災が放火なのか事故なのかも最後まではっきりしません。後に見るように、この複雑怪奇な様相、真相の不可知性こそが、ピエロの〈知恵〉を測るうえで重要な背景をなしているのです。

謎としての礼拝堂

「謎があるのかどうかはっきりしない出来事」として、推理小説の前提を覆《くつがえ》すような仕掛けを提示しているのが遊園地の焼失であるとすれば、礼拝堂のほうは、こうした謎の様態を隠喩的に表現しているとも考えられます。光と喧噪の場である遊園地が人々を引きつけずにはおかず、ある種の人々の反感を掻きたてつつも、ともかく無視し得ない対象であるのに対して、礼拝堂の存在は必ずしも周囲の人々に認知されていないようなのです。礼拝堂の近所にある自動車修理工場の職人たちは、一人を除き、それが何の建物なのかすら知りません。

ある自動車修理工場の前で、職人たちがなにやらガヤガヤやっていた。ピエロはその一団に近づいていって、あそこのあの辻公園にある小さな建造物の起源と性質について、鄭重に問いただした。

「俺はぜんぜん知らねえな」とひとりの男が言う。

「誰にもしゃべりゃしねえが、あれはお前さんとどんな関係があるんだね？」とほかの男が尋ねる。

「あれは礼拝堂さ」と三人目の男が答える。「見物するにはだな、まんまえに住んでるおっさんに申しこまなきゃなんねえんだ」

「へえ、そうなのかい？」、最初の二人の男はこの知識にびっくり仰天しながらそう言った。

彼らはそのときまでまるで注意したこともなかったそのぶつを、しげしげと見まもりはじめた。

（六六頁）


火災の後、ピエロが偶然出会うことになる遊園地の元関係者たちも、かつての職場に隣接していた礼拝堂のことをまったく覚えていない。日常的事物が背景と化してしまい気づかれなくなるのは普遍的現象とも言えるでしょう。クノーの年少の友人ジョルジュ・ペレックはのちに、平凡な日常をいかに捉えるかをテーマとして、さまざまな実験的試みを行っています[16]。クノー自身も処女作『はまむぎ』（一九三三）において、変わり映えのしない日常生活の中で、ささいな事物の認識を通じて主体が変容していく様を描いていました。『わが友ピエロ』に関しても、礼拝堂の認識が主人公に知恵をもたらしたとの見立ても可能でしょうが、それではあまりに教養小説的枠組にとらわれた読解になってしまうかもしれません。とはいえ、他の多くの登場人物とは異なり、ピエロだけが遊園地と礼拝堂の双方に入りこみ、「何か」を理解して最終的な変容を遂げていることも確かです。そして、そもそも、周辺住民が誰も気にとめていなかった礼拝堂に、なぜピエロだけが気づけたのか。この問いはピエロの知恵を再考する際の鍵となるので後でゆっくり考察することにしましょう。

日常の風景に埋もれている礼拝堂に気づけたのは、ピエロの特異な「能力」のおかげだとも考えられそうですが、『わが友ピエロ』を擬似推理小説とみなす視点からは、また別の解釈も可能でありそれなりに説得的ですから、「礼拝堂は〈謎〉のメタファーである」とするカンパナ＝ロシュフォールの所説をここで紹介しておきましょう。通常の推理小説では謎そのものは誰にとっても明らかに存在していて、分からないのはその答えなのですが、推理小説の規則と戯れるこの小説においては、何が謎なのかがよく分からないまま、探偵の活動が始動しピエロもそれに巻きこまれていきます。警察はユニ・パークの火災が放火なのか事故なのかを問題にすることはありませんし、勝手な解釈を主張する登場人物たちは誰もが怪しいのですが、「放火か事故か」とか「(放火だとすれば)誰が犯人なのか」という謎が物語を牽引するわけではありません。遊園地火災と前後して活動しはじめる素人探偵(＝元従業員のプティ・プース)も、犯人や動機の調査をしているわけではなく、経営者の愛人に頼まれた人捜しをしているのであって、確かに〈謎らしきもの〉があり〈探偵らしき人物〉は登場するものの、それらがかみ合っていないのです。一方で、後に見るように、礼拝堂の番人ムンヌゼルグの素姓や、ポルデーヴの王子の落馬事故には怪しい点もあり、これらも〈謎らしきもの〉となって浮上します。つまり、この小説において、謎は誰に対しても歴然と存在しているわけではなく、認識しうる人にのみ、それと気づく人にのみ立ち現れるのであり、まさに礼拝堂がそのような様態を隠喩的に表現しているとも言えるわけです[17]。

宗教的真実が伝えられる場所としての教会、礼拝堂が、真実のメタファーとして機能しているのであれば特に驚きもありませんが、謎の、それも存在するのかどうかも分からない謎のメタファーとなっている、というのがいかにも面白いところです。だとすると、番人ムンヌゼルグによって守られているポルデーヴの礼拝堂は、伝統や権威に裏づけられた確固たる建造物ではなく、何やら正体の分からない怪しい場所のようにも思えてこないでしょうか。この小説における礼拝堂の描かれ方は実際そのようなものなのです。もともとは一体だった土地が遊園地と礼拝堂に分裂した経緯を語るムンヌゼルグによれば、遊園地用の土地を売却しわずかに残しておいた菜園で作業をしていた時に、礼拝堂の起源となる事件が起きたのだと言います。

〔…〕ある朝のこと、わたしがレタスの除草をしておりますと（その年はレタスの出来ぐあいが非常によろしかったんですな――そう、二十年足らずほど前のことで、わたしは五十の坂を越えたばかりのところでしたな――）、それは六月のことでしたが、〔…〕全速で走る馬の足音が、つづいて大きな叫び声がわたしの耳に入ったんです。わたしの畑は板囲いでちょっと囲ってあるだけでした。その馬はなにやら妙な跳ねあがりかたをしてから、件《くだん》の板囲いにぶつかって倒れ、そして乗手のほうは、馬のその跳躍のはずみで、稲妻のようにわたしの菜園のまんなかに落ちましたんです。

乗手はそのまま動きませんでした。

わたしは急いで駈けよりました。彼は気絶していました。わたしの見るところでは瀕死の状態でした。わたしは救いを求めました。近隣のひとびとが駆けつけてきました。医者と警察を、それからしばらくしてから救急車を呼びにいきました。こうして負傷者が運ばれていきました。かれこれするうち、負傷者は意識を恢復して、しきりに家へ帰りたがっておりましたっけ。翌日、新聞で知ったところによると、彼はその後ほどなくして死んだということでした。また、これも新聞で知ったわけなんですが、それはルイジ・ヴードゾイ王子、フランスで学業を終えたばかりのポルデーヴの王子だったんですな。ある意地の悪いゴシップ記者は、彼の学業はなによりもまず酒宴と乱痴気騒ぎから成っていたと書きたててましたがね。（七五―七六頁）

礼拝堂が祀《まつ》っているのはムンヌゼルグの目の前で事故死した、とある王子だというのですが、番人自身は負傷者が死んだのかどうか確認しておらず「新聞で知った」だけだという点に注意してください。さらに、この負傷者ないし死者の素姓が「ルイジ・ヴードゾイ」という「ポルデーヴの王子」であるという情報も新聞によって得られたものに過ぎません。つまり、ムンヌゼルグが騙されている可能性もあるわけです。とはいえ、新聞が詐欺の片棒を担ぐ、あるいは、心ならずも担がされるなどということがあるものでしょうか。ところが実は、「ポルデーヴ」という固有名がその可能性を強く示唆しているのです。クノー、ペレック、ルーボーなど、ウリポ作家の愛読者にはよく知られているように、ポルデーヴという架空の民族名の発祥となったのは、アラン・メレという右翼のジャーナリストが左翼系議員たちをこけにすべく仕組んだいたずら（一九二九年）でした[18]。もともとジャーナリストの悪ふざけが生みだした国名なのですから、「新聞」がムンヌゼルグに伝えた情報からはにわかに怪しさが漂ってきます。後日、ムンヌゼルグを訪れたポルデーヴの王族は、ヴードゾィ王子を祀る礼拝堂を建てるため、事故現場である菜園の用地を長期の分割払いで売却するよう申し入れ、両者はムンヌゼルグが礼拝堂の番人として終身年金を受けとることで合意します。ところが、「礼拝堂が建ってから二、三年すると、ポルデーヴの王族は終身年金の支払いをやめてしまいました。その後は王族の方々がどこでどうされているのかさえ分からなくなりましてな」（八二頁）。これでは、土地奪取の詐欺みたいなもので、ますます怪しい。それでも、「悲劇的な事故の若く高貴な犠牲者」の安らかな眠りを守ることこそ自らの使命と心得て、ムンヌゼルグ自身は詐欺の可能性などいささかも疑っていない様子です。

結末に至れば真相がすべて明らかになり一点の曇りも残らない通常の推理小説とは異なり、〈擬似推理小説〉としての『わが友ピエロ』の肝は、主要登場人物たちが出来事の核心を知りえずにいるのと同じく、読者にも事の真相が隠されたまま決定的な証拠は提示されない点にあります。ユニ・パークの焼失後、跡地に動物園をオープンするのが動物調教師のヴッソワ（Voussois）であることを思えば、彼がヴードゾィ（Voudzoï）王子として一連の詐欺を行い、「礼拝堂」の建立によって「遊園地」の繁栄にくさびを打ち込んだのだ、と考えることもできそうです。実際、名前の類似や小説中に散りばめられた暗示を根拠に、ヴッソワとヴードゾィ王子の同一人物説を主張する読み手は少なくありません。しかし忘れてはならないのは、二人が同一人物である可能性、詐欺の可能性はあくまで示唆されているに過ぎないのであって、決定的な証拠は提示されていないという点です。真相は闇の中であり複数の可能性があるという背景が、この小説の読解、とりわけ、ピエロの知恵を考えるうえで決定的に重要なのです。本書の立場からは、クノーの仕掛けた〈擬似推理小説〉遊戯に律儀につきあい推理合戦をしてもさしたる意味はないのですが、〈複数の可能性〉がどのように構築されているのかを具体的に確認するために、探偵ごっこに少しだけ紙幅を費やすことをお許しください。

王子落馬事故偽装説

ヴードゾイ王子の落馬事故を伝えるムンヌゼルグによれば、事故は「二十年足らずほど前のこと」とされていました。ところが、どうやらちょうどその頃、動物調教師ヴッソワも知人の前から姿を消しているようなのです。遊園地経営者プラドネの愛人レオニーは、興業に訪れた奇術師クルイア・ベーの話から、彼の兄ジョジョ・ムイユマンシュこそが自らの初恋の人に違いないと確信します。ジョジョがとある女との恋愛により落命したと聞いたレオニーは、どういう好奇心からか、ジョジョの死の原因となった女を探し出したいと思い、ユニ・パークの元従業員プティ・プースに調査を依頼するのです（もっとも、ジョジョの死はクルイア・ベーの作り話なのですが）。そんなわけで、謎に満ちたこの〈擬似推理小説〉に登場する唯一の探偵は、遊園地火災の原因や王子落馬事故の真相を探るのではなく、中年女の初恋の人を捜索するという、なんともかみ合わない展開になります。結局、主要登場人物がわざとらしく一同に会するパランサックという町で、レオニーはヴッソワこそが初恋の人ジョジョであることを確かめることになるのですから、ヴッソワ＝ジョジョの同一性は小説内で事実として提示されていると言えます。さて、そのジョジョについて弟の奇術師クルイア・べーに探りを入れつつ、レオニーはこんなことを言っているのです。「ある日、あのひと〔ジョジョ〕はふいに姿を消してしまったのよ。それからもう二十年経つわ」（九四頁）。つまり、ヴァッソワは当時の恋人レオニーのもとから二十年前に、ちょうどヴードゾイ王子落馬事故が起きた頃に姿を消しているというのですから、この一致はヴァッソワ＝ヴードゾイ説の傍証となりうるでしょう。

さらに、パランサックまで訪ねてきた弟のクルイア・べーから、レオニーの存在と彼女の執着ぶりを聞かされたヴァッソワ＝ジョジョは、弟と次のようなやりとりをしています。

〔クルイア・べー〕「あの女はあんたを心のなかに大事に抱きしめてたんだよ。あんたの話をするときには、すっかり興奮しちまうんだものな」

〔ヴァッソワ〕「それは俺の知ったことじゃないさ」

「ほんとに思いだせないかね？」

「なあ、分かるだろ、それは俺の落馬の前後に起こったことにちがいない。俺の頭のなかではあの時期のことはなにもかもちょっとぼやけちまってるからな。たぶんあの事故の頃の恋人だったんだろうな、それにまたたぶんそのために俺は彼女を捨てたんだろうな。べつにそんな気もなくてな。しかしいつかは、遅かれ早かれ、捨てることになっただろうから……」

「とにかく」とクルイア・べーは言った、「俺があんたは死んだと教えてやったらあの女はひどく悲しんでたぜ」

「それはどの死のことだね?」

「俺がでっちあげた死のことさ。いいかい、あんたはその十年後、愛してた娘のもとへ行くために塀によじのぼろうとして、小説もどきの死にかたで死んじゃったのさ」

（二〇九頁、強調は引用者）


レオニーと別れた頃に「落馬」したとヴァッソワ自身が述べているうえに、「それはどの死のことだね?」という言いぐさからは、女と別れる口実としてなのか、これまでに何度も自分を「死んだこと」にしてきた過去がうかがえます。状況証拠から見れば、ヴァッソワがヴードゾイ王子として落馬事故を演じ、詐欺事件を主導した可能性は高いのですが、引用から分かる通りいずれも決定的な発言ではありません。ヴァッソワは単に落馬しただけで、飽きた女を捨てるためにしばしば「死んだ」ことにして姿をくらましてきたのかもしれないのです。とはいえ、ここまで状況証拠が揃っているのに、ヴァッソワをかばうのは無理筋で、蓋然性を無視した議論なのではないかと思われるかもしれません。確かに、ヴァッソワが落馬事故と礼拝堂建立をめぐる詐欺に関わっている可能性は高いのですが、それでは、騙されたムンヌゼルグの方は本当に純粋な被害者なのでしょうか。

ムンヌゼルグと北アフリカ

そもそも、ヴードゾイ王子の落馬事件については、新聞を通じて詳細を知ったという件も含めて、ムンヌゼルグが語っているだけで他に証人はいないようです。事故現場に訪ねて来たポルデーヴの王族に、彼はこう答えています。「わたしは唯ひとりの目撃者でした」（七八頁）。そう述べているのもムンヌゼルグですから、本当に他に証人がいなかったのかどうかも実ははっきりしないのですが、とにかく、彼の証言が正確ではない可能性は拭いきれないわけです。ムンヌゼルグは詐欺の被害者なのではなく、それに加担していたのではないかという疑念が頭をよぎるのは、ムンヌゼルグが北アフリカのアルジェリアで兵役をしており（七三頁）、ヴッソワ＝ジョジョの弟で奇術師のクルイア・ベーと共通する背景を持っているからです。レオニーの話では、ジョジョは弟（クルイア・ベー）がアフリカで兵役を済ませたと語っていたとのこと（四四頁）。もっとも、クルイア・ベー本人は、チュニジア出身だとか（四一頁）、一時期エジプトのアレクサンドリアに居た（四八頁）とか、いろんなことを言っているのですが、ともかくアラブ人の格好をして芸人をやっているわけですし北アフリカの習俗に詳しいことも間違いない（四二頁）。ついでに言及しておくと、この経歴もクルイア・ベーが落馬詐欺に加担していたという傍証になるかもしれません。ムンヌゼルグがホテルの一室で面会したポルデーヴの王族（死んだ王子の遺族）はクルイア・ベーだったかもしれないのです。

王子はベッドに横になって、煙草を吸っておられました。王子のかたわらには、一本の壜がきらきら光り、グラスが二個。王子はかたわらの肘掛椅子に坐るようにと手真似で促され、ご自分でお飲みになっておられたラキ酒を、ご自身の手で、わたしにも一杯注いでくださいました。この酒はわたしに北アフリカを思い出させてくれましたが、しかし王子がその地方のことをご存じかどうか、おうかがいしようという勇気は出てきませんでしたね。そんなことをしたら、馴れ馴れ

しすぎるでしょうからな。（八〇頁）

「ラキ酒」というのはトルコ起源の蒸留酒でイスラム圏全域で広く飲まれているとのことですから、王子と北アフリカの直接のつながりを示すものではありませんが、その可能性を示唆するものではあります。とはいえ、この回想そのものも、ムンヌゼルグによる「信用できない語り」の一部をなしているわけですから、王子とクルイア・ベーが同一人物である可能性もほんのわずかに匂わされているに過ぎず、確かな証拠になりうるものではまったくありません。

しかしながら、この「北アフリカ」という要素が、小説の後半、ヴッソワの正体がジョジョだと判明する直前で、実に思わせぶりに回帰してくるのです。ママール・サーカスから返品される動物をヴッソワの元に届けるため、パランサックへと向かう道中、ピエロは猿と猪を伴って食堂に入り昼食をとろうとします。珍客の来店で一度はざわついた店内が常態に戻り始めた頃、怪しい二人連れが店内に入ってくるのです。

〔…〕ばかでっかいトラックの男たちは二人とも、コーヒーのあとのリキュールを飲み終えていたので、勘定を払って立ちさっていった。この土地の人間らしい肥満紳士もやはり出ていった。そのあとに素姓のはっきりしない人物が二人入ってきて、ワイワイしゃべりながら半リットルの葡萄酒を二人でわけて飲んでいたが、ピエロのテーブルのほうに注意を向けているようには見えなかった。こうして、店内にも日頃の姿がまた取りもどされた。（一七九－一八〇頁）

後から入ってきた二人連れはいったい何者なのでしょうか。「素姓のはっきりしない」と言われていることや、ピエロに注意している様子はなかった、とわざわざ記されていることが、逆にピエロを尾行する使命を帯びているのではないか、との疑念を呼びかねません。というのも、後に別の食堂で同席した男が素人探偵のプティ・プースだと判明する際、彼もまたピエロのほうを見ないように振舞っているからです（一八七頁）。結局、この二人連れの正体は判明しないままなのですが、プティ・プースによる探偵調査が進行するかたわらで、意味ありげでありながら〈謎〉のままにとどまる男たちが活動しているという点に注意しておきましょう。この小説にはこうした要素が散りばめられていて、謎と真相、虚偽と真実の輪郭をあやふやにしているのです。

食堂を出たピエロ一行は、目的地パランサックを目指し小型トラックで走り続けますが、夕食時になったので、途中のホテルに泊まることにして、やはり猿と猪を伴い食堂に入っていきます。

> 食堂にはアルジェリア騎兵隊〔spahi〕の下士官しかおらず、メザンジュ〔猿の名〕は、その華麗な軍服にすっかり好奇心をそそられてしまった。この下士官は厚化粧した情婦と一緒だった。奥のほうにひとりぼっちの男の客がいて、ずんぐりした首とがっちりした背中を見せていた。その男は振りむこうともしなかった。兵隊さんとその連れのスケはといえば、こちらもお互いに相手のことに夢中になっていたので、新しく入ってきた客のほうには、ほんのちょっとのあいだ興味を示したにすぎなかった。（一八七頁、強調は引用者）

先にも触れたように、ピエロに背を向けて無関心を装っている男は、探偵役のプティ・プースです。ピエロが元同僚と再会する場面に、なぜか「アルジェリア騎兵隊の下士官」が居て、プティ・プースと同じく無関心な様子を示しています。ところで、ムンヌゼルグはアルジェリアで兵役を過ごしており、その時代のことを「仲間たち」と過ごした「楽しい思い出」としてピエロに語っていました（七三頁）。ということは、ムンヌゼルグはアルジェリアに軍関係の人脈をもつ可能性があり、この「下士官」も彼の知り合いなのかもしれません。もちろん、例によってこの下士官は特段の役割を演ずることなく物語から姿を消すため、確たることは何も言えないのですが、プティ・プースが「スパイ」じみた活動を行っていることが判明する直前の箇所ですから、この下士官はひょっとするとムンヌゼルグが送り込んだ「スパイ」なのではないか、などといった考えも頭をよぎります。ちなみに、「アルジェリア騎兵隊」の原語 spahi はトルコ語起源の単語で、フランス語では「スパイ」と発音しますが、英語の spy と語源的な関係はありません。フランス人読者が発音の類似から英語の「スパイ」を連想することはあるかもしれませんが、「アルジェリア」を想起するのはむしろ難しいかもしれません。

さて、再会を果たしたプティ・プースとピエロは一杯やろうと約束していったん別れますが、ピエロがホテルの部屋からロビーに降りてくると、素人探偵の姿はありません。もしやプティ・プースは後ろ暗い事情があって夜行列車で発つつもりなのか、そう勘ぐったピエロは駅に足を向けます。

しかし、駅の前のあたりも、町のほかのところと同じように真暗で静寂につつまれていた。ピエロは広場を横切った。ひとりの駅員が、パリ行きの急行は二十分前に通過し、あとはもう暁方まで列車は出ないと言った。待合室にはカビリア人〔Kabyles〕の一団がいるだけで、プティ・プースの姿はなかった。（一九五頁）

「カビリア人」とはアルジェリア北部カビリア地方に住む果樹栽培農耕民で、一九二〇年代から移民労働者としてフランスに渡る者がおり、一部はアルジェリア独立運動を組織していたといいます。一九三八年から三九年を舞台とするこの小説に「カビリア人の一団」が登場したところで不思議はないのですが、前述したようなムンヌゼルグの経歴やポルデーヴ王族のイスラム趣味を考えあわせると、さまざまな背景を想像させせなくもありません。いずれにせよ、物語論的必然性もないのに、ピエロが向かう食堂ごとに無関心な様子でたたずんでいる「素姓のはっきりしない人物」や「下士官」、あるいは探偵の失踪と入れ替わるかのごとく夜中の駅で待ち続ける「カビリア人の一団」は、気づく人だけが気づく礼拝堂のように、感じられる人にだけ出現する〈謎〉の具体例とも考えられるでしょう。

礼拝堂の番人ムンヌゼルグがどう関わっているかは判然としないものの、小説のテクストは、ヴードゾイ王子落馬事件が偽装されたものであり、その黒幕がヴッソワであることを強く示唆しているように思われます。つまり、ポルデーヴの礼拝堂が崇めているのは虚構あるいは空虚かもしれないということです。ということは、『わが友ピエロ』を寓意的に読み解くにしても、遊園地が〈俗〉、礼拝堂が〈聖〉をそれぞれ寓意しており、二つの世界の対立・葛藤を経て、遊園地火災によって〈聖〉なる世界が勝利を収める、などといった図式は表面的過ぎて、礼拝堂が空虚でありうることの意味を取り逃していると言うべきでしょう。

ピエロの世間知

冗談小説と受けとられがちだったクノーの小説の主人公に賢者の資質を見出したのは、間違いなくコジェーヴの慧眼だと称賛してよいでしょう。けれども、ピエロは歴史の終焉以前から、つまり遊園地火災の前から、賢者の側面を持っていたとも言えますし、また、その知恵はヘーゲル的なものではない、少なくとも、ヘーゲル的なものに限らないと見ることも可能です。以下では同様の立場をとるミシェル・ビゴの指摘を補足しつつ、ヘーゲル的ではないピエロの知恵とはいかなるものなのか、具体的に確認していくことにします。

とはいえ、ピエロは失敗ばかりしている〈ダメ人間〉として描かれていることも否定できません。遊園地の従業員でありながら、経営者の娘イヴォンヌをデートに誘ったことがばれてクビになったり、奇術師クルイア・ベーの助手としてせっかく再雇用してもらったのに、剣を飲み込む芸を間近で見ているうちに失神してしまったり。それでも、経営者プラドネやパラディら同僚から疎まれたり邪魔者扱いされたりしていないのは、ピエロが謙虚に振る舞いつつ誰にでも自然に心を開くことができるためで、その意味では、世間を泳ぎ渡る知恵は身につけているとも言えます。だからこそ、ムンヌゼルグという隠者のような老人ともすぐに親しくなり、その懐にもぐりこんで礼拝堂の来歴を聞き出せたのでした。実際、ムンヌゼルグの一方的な長話を、ピエロは「さも考えぶかそうな、同感の表情をうかべ」て聞き、老人のほうも素直に理解を示す若者に対し、保護者のような包容力を見せるのです。訳者の菅野昭正が記しているように、「疑うことを知らず狡知のたぐいを持ち合わせない若者」だからこそ、ピエロは遊園地と礼拝堂という相反する「二つの世界をつなぐ媒介者の役目」を果たし得たのだと言えるでしょう。

たびたび仕事をクビになったり、小説の後半では思いを寄せていたイヴォンヌに振られたり、冴えない人生を送っているように見えるのに、ピエロはいつもどこか楽しそうにしています。遊園地勤務の初日、仕事を終えた二人の同僚が「スプリングつき電気自動車」で女の子たちと戯れる様子を眺めながら、自分は相手もなく放置されているというのに、ピエロは幸せな気分に浸っています。

公衆の道徳感や文明の未来について、ピエロはなんら特別な見解をもってはいなかった。ひとから知的だと言われたことなど、彼には一度もなかった。むしろ頓馬《とんま》なことばかりする奴だとか、ぼんやりした人間だなどと言われつけていた。だがとにかく、ここで、いま彼は幸せな気分になっていたし、なんとはなしに満ちたりた気分だった。（二五頁）

コジェーヴによれば、ヘーゲル的〈知恵〉とは、自分のことを十分に知りつつ完全に満ち足りた状態を指すとのことでしたが、ピエロが「満ち足りている」のは間違いなさそうです。けれども、それは「自分のことを十分に知りつつ」なのでしょうか。むしろ、自分の置かれた状況からあえて目をそらすことによって、偽りの満足を得ているだけなのかもしれません。というのも、ピエロは「知的」でなく「ぼんやりした人間」で、好んで「ルイ十六世の死のことを考えて〔＝「取りとめもないことを考える」意の慣用表現〕」いるのですから。だとすると、ピエロをヘーゲル的〈賢者〉とするコジェーヴの主張は怪しくなってきて、むしろ「取りとめもないことを考える」ことこそがピエロ流の知恵なのではないか、とすら考えたくなります。第六章で失業中のピエロは、ユニ・パーク火災で再・再就職の可能性を失い、たまり場のバーに行っても仲間に会えず、得意のピンボールでも擦ってしまい、何一ついいことがありません。

彼〔ピエロ〕はそれから映画を奮発し（ちょうど「シカゴの大火」（三八年公開）が上映されていたが、これはまさしく偶然の一致だった）、やがて夜の闇を縫ってホテルへ帰っていった。この帰り道で、彼の頭にとくにはっきり浮かんできたのは、早くこんないまいましい状態を抜けだして、仕事を見つけなければいけないということだった。けれども、彼は閃光よりも素早くこの考えを捨てた。そして残りの時間は、イヴォンヌのことをちょっと考えたり、取るに足りないことをわんさと考えたりした。（一六二頁）

好きな女の子のことやら「取るに足りないこと」を考えることで、「いまいましい状態」を忘れ、何事も深刻に悩まないようにする。これもまたつらい人生を生きぬくための知恵と言えるでしょう。取りとめのないことばかり考えているピエロが、「明日のことを思い煩うな」（マタイ福音書）との知恵を身につけているのは、のんきな佇まいに反して、早くから人生の荒波にもまれてきたためかもしれません。「ピエロはつらい幼年時代、痛ましい少年時代、苦しい青年時代（それはいまだにつづいているのだ）を過ごしてきた」（一二頁）。ピエロはまだ二十代後半の若者なのに、すでに両親とも他界しているのです。両親がいつ亡くなったのか、孤児の身の上とつらい子供時代は関連しているのか、「書きすぎない」、「読者に説明しすぎない」小説美学を貫くクノーは一切明かしてくれませんが、ともかく、「つらい子供時代を過ごした孤児」という境遇は、のんきで夢見がちなピエロの見過ごされがちな背景となっているのです。ちなみに、コジェーヴが「知恵の小説」として『わが友ピエロ』と併せて論じた小説のひとつ、『人生の日曜日』の主人公ヴァランタン・ブリュも、素朴さやのんきさにおいてピエロと似かよった登場人物なのですが、やはり孤児という設定になっています。

漫歩の小説

ところで、孤児の境遇によってもたらされた世渡りの知恵が、狷介《けんかい》な老人ムンヌゼルグに心を開かせ、礼拝堂の来歴を開示させたのだとしても、そもそもどうしてピエロだけが周辺住民にすら無視されている建物の存在に気づけたのでしょうか。礼拝堂に注意を向ける直前、ピエロはねぐらにしている安宿を出て、ユニ・パークに向けてゆっくりと歩いています。前日、経営者プラドネをしくじってクビになっており、遊園地に向かう理由はないのですから、ただ単に郊外地区の漫歩を楽しんでいるのです。

彼のところから《ユニ・パーク》までは、ちょっとした道のりだ。彼はそれを徒歩でいく。ゆっくりした足どりでもって、絶対に歩幅をうんとこさと拡げたりはしないで、彼は歩いていった。ただときおり、田舎の別荘の広告を出した不動産屋や、郵便切手屋や、自転車屋や、新聞販売店や、自動車修理工場など、お気にいりの店の前で足をとめるのだった。スチール製のタンバリンの上で、これまたスチールでできた小さな球体が正確な跳ねかえり運動を繰りかえす様子をショーウィンドーに展示している、ボールベアリングの製造業者の店も、ピエロは見落とさなかった。（六三―六四頁）

足どりと同じくゆったりとした心もちで、ささいなことにも好奇心を向け、一見無駄なことにもたっぷりと時間を費やす余裕をもっていたからこそ、ピエロだけが礼拝堂に気づくことができたのでしょう。ミシェル・ビゴが「漫歩の小説」と呼ぶように[19]、この小説では繰り返し、遊園地の中でも外でも、ピエロのゆったりしたそぞろ歩きが描かれています。こうした「緩慢さ」こそが礼拝堂に限らず多くのことをピエロに気づかせているわけですから、それ自体で、知恵の一様態といえるはずですが、そうして気づかされた対象である礼拝堂や「ボールベアリング」がまた、新たな認識、大げさにいえば〈新たな世界観〉をピエロにもたらしているようなのです。

パノラマ的展望

ピエロのゆったりとした漫歩と対照的なのが、忙しい都市住人の移動であることは言うまでもありません。彼らは日常の風景に対しては好奇心が麻痺しており、街中の「切手屋」だの「自転車屋」だのには目もくれず、一散に目的地を目指して歩を進めます。しかしそれだけでなく、この小説においては、地表を這うピエロの〈遊歩者の視線〉が経営者プラドネの〈俯瞰的＝支配的視線〉とも対立的に描かれています。[20] 遊園地内のタワー上階に位置する自宅から、プラドネは来客とともに自らの〈帝国〉を見下ろしつつ、そこを支配する権力を誇ってみせるのです。

「いいかね」とプラドネは言った、「この全部がわしのものなんだ、もしくはほとんど全部がな。いずれにしろ、わしが経営し、わしが命令し、わしが統括するんだ。わしの売上高の総額は言わないでおくが、とにかく、十万人の入場者が入る日があるんだからな。二十もの娯楽施設が、かわるがわるその入場者を分けあうわけさ。〔…〕」（五四頁）

さらにプラドネは、自らの権力を確認し売上高を誇るのみならず、テラスにしつらえられた望遠鏡を使って「ときどき商売の運び具合を見張る」とまで言い放っています。経営者の権力欲と権力そのものが、その〈俯瞰的視線〉によって体現されていることは明らかでしょう。実際のところ、プラドネは現実に経営者であるからこそタワーから見下ろす権利を持っているわけですが、原理的には〈俯瞰的視線〉こそが支配的権力を生むと考えることもできます。実際、プラドネの娘であり、射的スタンドを担当する労働者でもあるイヴォンヌは、ピエロからのデートの誘いに対して、「パパが見張ってるの」と答えており、プラドネの視線が労働者を実際に支配していることが分かります。この種の視線は実際に監視している必要はなく、対象者にそう思わせさえすれば支配力を行使できるのですから、当然のなりゆきといえるでしょう。

興味深いのは、ふつうなら喜びをもたらしてくれそうな〈パノラマ的展望〉が、権力と結びつくことによって、プラドネにおいてはむしろ、心の平安を乱す要因となっていることです。彼は奇術師クルイア・ベーの正体に疑念を覚えつつも自分なりに納得し、この問題についてはもう考えないことに決め、テラスに登って気晴らしをしようとします。そこに立てば、広大な遊園地に「自分が責任を負って」「ただひとり君臨」していることを誇らしく再確認できるからです。けれども、高い場所から見渡すからこそ、礼拝堂の闇や商売敵であるママール・サーカスの存在が気になりはじめ、客の不満が引き起こした放火騒ぎなども目に入ってしまう。高所から下界の動きを逐一把握することは権力の分かりやすい表出には違いありませんが、それが権力者に喜ばしく快い効果をもたらすわけでは必ずしもないようです。「プラドネは、夜警隊の移動ぶりや野次馬を追いちらす巧妙な戦術を眼で追って陰鬱な楽しみを味わった」(一二四頁)。放火騒ぎに気づいた経営者の反応が撞着語法で表現されているように、すべてを見ることは「楽しみ」であるのみならず「陰鬱な」経験でもありうるわけです。自らの権力を確かめ喜びを味わうためにテラスに登ったはずが、プラドネはまたしても悩み事に引き戻されてしまいます。「プラドネはそのとき、娘がいなかったことを思いだした。望遠鏡の上にかがみこんで機関銃のスタンドを探した。イヴォンヌはいなかった。さまざまな心痛に悩まされながら、彼は食堂へ降りていった」(一二四頁)。プラドネが保持している〈俯瞰的視野〉こそが、彼の心の平安を乱す原因になっていることが分かります。

近視という能力

「望遠鏡」まで使って見なくてよいものを視野に入れ勝手に「陰鬱」になるプラドネとは対照的に、「眼鏡」を要する近視のピエロには外界がはっきり見えていないはずなのですが、それゆえでしょうか、いつもピエロは妙に楽しそうにしています。次の引用は、調教師ヴッソワの住む地方都市パランサックまでピエロが動物を届けに行く道中の一節です。

> 自動車の運転は辛うじてできる程度にすぎなかったから、彼はこの小型トラックがぽんこつだということにも不満は感じなかったし、そのおかげで、アクセルをいくら強く踏んでも四十キロ以上のスピードは出なかった。しょっちゅう追い越されてばかりいても、べつに憎しみも羨望も感じはしなかったし、いかにも好ましい感じのものばかり視野に浮かびあがってくるので、黙々として喜びにふけっていた。直線状になったときの道路とか、蛇行するときの道路とか、道路工夫たちとか、小さな森とか、すこぶる静かな小さな村落とか、それに悟りすました牧場の牛たちとか。（二七四―二七五頁）

ピエロは車を運転するときですら、パリ郊外を遊歩するときと同じく、ちっとも先を急ごうとしていません。もっとも、ピエロの場合、なにもスピード第一主義への抵抗として意識的にのんびり振る舞っているわけでもなく、単に「運転は辛うじてできる程度にすぎなかったから」ゆっくり走行しているだけなのですが、「近視」といい「不器用」といい、何かが「出来ない」ことが幸福の源泉となっているところにも、彼の知恵の秘密がありそうです。このときのピエロが従事しているのは、遊園地をクビになったあと紹介された仕事で、短期のアルバイトに過ぎません。思いを寄せるイヴォンヌは元同僚のパラディと深い仲になりつつあり、客観的に見ればさっぱり幸福な要素はなさそうなのに、ほんのちょっとしたことで楽しくなってしまい、「視野に浮かびあがってくる」ものは「直線状になったときの道路」も「蛇行するときの道路も」、要するに何を見ても「いかにも好ましい」と感じ「喜びにふけって」いるところに、ピエロの賢者たるゆえんがあると言えます。

「哲学者たち」による下着ののぞき見、礼拝堂の番人ムンヌゼルグの老眼から、プラドネによる俯瞰、ピエロの近視に至るまで、『わが友ピエロ』ではつねに〈見ること〉がテーマになっている、との指摘がなされています。[21] ピエロの近視については、すでにミシェル・ビゴによる説得的な分析がありますので、簡潔に紹介しておきたいと思います。まず、この小説の登場人物の多くが優れた視覚能力を誇示する傾向がある中で、ピエロの近視は負の資質として際立っています。探偵役を任されるプティ・プースは「自分が慧眼な観察家であるという自負」をもっていますし、ピエロが宿泊するホテルの女主人は「あたし、ひとの顔はよく覚えるほうなんですよ」と述べています(ちなみに、原文で女主人が用いている表現は「アメリカ人の目を持っている＝観察力が鋭い」という慣用句です)。プラドネの愛人レオニーや娘イヴォンヌについても観察力や視力の良さへの言及があり、ムンヌゼルグの老眼すら、近くが見えないという欠点ではなく遠くがよく見える能力として記されているのです。そうした環境において、まさに「近視」であるおかげで、ピエロは自分の認識の限界をわきまえ、謙虚さを獲得しているとビゴは述べています。[22]「謙虚さ」はヘーゲル的な意味での知恵というよりは、先に言及したような世渡り術、「経俗の才」に属する要素として、より広い意味でピエロが賢者たりうる資質のひとつとなっています。ピンボールで高得点を出しても「まぐれ当たりだった」と謙遜するピエロの謙虚さは読者の目にも明らかであり、ちょっとした手柄を褒められても「できることをやってるだけ」という自己評価を繰り返しています。しかも、想いを寄せるイヴォンヌが、男女間のできごとに関するピエロの察しの良さに感心し、「あなたはわりかし間抜けじゃないのね」と褒めたときさえ、こう答えているのですから、「謙虚さ」はピエロの〈知恵〉の根拠として提示されているとも言えるでしょう。そして、さらに重要なのは、ピエロの近視がもたらしているのは、単に自己の限界をわきまえるという処世上の謙虚さだけではなく、世界観に関わる認識、つまり、近視であろうとなかろうと、そもそもひとは現実の一部分しか見ることはできないという、認識論的な謙虚さだという点です。[23] 望遠鏡まで用いてすべてを知ろうとした挙げ句、謎の火災によって破滅していくプラドネと、「分からないこと」、「できないこと」に囲まれていることを前提に、「できることをやって」生き延びていくピエロの分岐点がここにあります。

時間と変化

ピエロの近視に関して、ミシェル・ビゴはもうひとつ非常に重要な指摘をしています。ピエロは近視のおかげで卑近な現実から離れ、世界を抽象的に把握しえているというのです。[24] はて、あのぼんやりしていて「何も考えない」のが得意技みたいなピエロが、「世界を抽象的に把握」している場面があったでしょうか。そう思ってページを繰っていると、小説の序盤からピエロが〈時間〉や〈変化〉

に関心を寄せていることに気づきます。この小説がヘーゲルの歴史哲学を参照項のひとつとしていることを思えば、〈時間〉がそのテーマとなっていても不思議はありません。実際、第三章の冒頭にはこんな場面があります。ピエロはユニ・パークをクビになり、寝泊まりしている安宿のベッドでのらくらして午前の時間を過ごしています。

ピエロは、ベッドの覆いを汚さないように《ヴェーヌ》〔競馬新聞〕をひろげ、それから、ながながと寝そべる。彼は煙草を吸う。彼は時間が過ぎていくのを待つ。男たちはもう仕事に出かけていった。おかみさんたちがベチャベチャやっている。自動車が通りを走り、女の子たちが僧院の庭で遊んでいる。とても静かだ。

　ときどき、ピエロは眼をつぶり、十分ないし十五分くらいそんなふうにして過ごす。もう一度眼をあけても、なにもかも前と同じだ。そこで、彼はまたもや待ちはじめ、煙草をまた取りだし、ゆるやかにときたまパッパッと吹きあげられる煙のかたまりが、またしても部屋の中空のあたりにたなびく。バルコニーにむかって開けはなしてあるドアの前のところまで、強い日射しが横ばいに射しこんでいる。大きな蝿が入りこんできて部屋を一周し、やがて、焦《じ》れったがってまた外へ出ていく。そこらじゅうに、小さな女の子たちが動きまわっている。おかみさんたちは買物に出かけていった。休憩時間は終わったのだ。すぐそばの通りを、自動車の往来が音を立てている。時間が経つにつれて、すべてが変わったし、これからももっと変わるだろう。

（六三頁、強調は引用者）

ピエロは時間の流れを把握しようとしますが、最初に、目を閉じたまま「十分ないし十五分」の時間を実感しようとしても、「なにもかも前と同じ」にしか感じられません。今度は目をあけたまま室内の〈変化〉を観察していると、煙草の煙が刻々と形を変え、蠅が入ってきては出ていくなど、わずかな時間にも確かに何かが起きていることに気づく。これらの対象に関して、煙にせよ、蠅にせよ、その動きを捉えるのに視力の良さは必要ありません。むしろ視力が良かったなら、ある瞬間の煙の形やら、壁の染みやら、変化よりも形態や色彩に注意が向き、時間の経過を意識できなかったでしょう。また、視覚にハンディキャップをもつ人は聴覚が研ぎ澄まされると言われるように、この一節においても、「休憩時間は終わった」と判断し、時間経過とともにあらゆることが変化するという、「世界の抽象的理解」をピエロにもたらしているのは、直接的にはおかみさんたちのおしゃべりを聞き取る聴覚なのです。

この一節で示されているピエロの認識は、「万物は流転する」というヘラクレイトス思想に近いものとも言えますが、一方で、一定の時間が経過しても「なにもかも前と同じだ」とも感じているわけですから、ものごとの〈変化〉のみならず〈不変〉をも意識していることになります。つまり、変わらないように見える日常の風景も実際には刻一刻と変化しているし、変化しているはずの日常もちょっと見るだけでは変わっていないように見える、ということであり、両者は同じ現象の表裏を捉えているわけです。このような、〈不変〉のなかに内在する〈変化〉という主題は、小説を通じて何度か変奏されていきます。もっとも印象的なのは、同じく第三章でムンヌゼルグから礼拝堂と遊園地の前史を聞かされた直後（つまり、歴史や時間への感受性が高まっているはずの時）、ピエロがセーヌ河のほとりに腰をおろす場面です。

ピエロは腰をおろして、煙草に火をつけた。じっと動かない麦藁帽子の群れや水の流れにつれて揺れる釣糸を眺めていたが、そうやってしばらく眺めたあと、だしぬけに何メートルかうしろに跳びのくことが何度かあった。汚水がねばねばと色づいた状態で、威勢よくたっぷりと降りそそいでくるのだ。きっと他のところより魚が多いせいで、ピエロの坐っている附近はひとびとのご愛顧を得ているのだった。緑色に塗った舟のなかには、熱烈な連中が釘づけになっていた。（八四頁）

ここでも、セーヌ河のほとりという日常的な風景が、流れを止めているかのような水面や微動だにしない釣り人の姿など〈不変〉の要素と、ときおり訪れる当たりの瞬間という〈変化〉の要素を、ともに内包している様子が描かれています。この場面では、セーヌ河の風景からピエロが特別な啓示を受けた様子はありませんが、時間と変化をめぐる小説の主題を間接的に提示し、後に別の登場人物のセリフを通じてこれを前景化するための導入の役割を果たしていると考えられるのです。実際、パランサックに動物を届けに行く道中、ピエロが昼食のために立ち寄った宿の主人ポジドンは、かつて自分がユニ・パークの近くで経営していたカフェが今では自動車修理工場になっていると聞かされ、ヘラクレイトス思想そのものの表現によって人の世の移ろいやすさを嘆いています。

この世では、なにもかもすぐに変わってしまいますからね。なにも長つづきしません。若いときに見たものも、年をとった頃になると、すっかり消えてしまってるわけですよ。同じ水で二度足を洗うわけにはいかんものですなあ。（一八二－一八三頁）

「なにも長つづきしません」というポジドンの認識がこの小説においてもっとも直接的に喚起するのは、言うまでもなく、栄華を誇った遊園地ユニ・パークの焼失です。『わが友ピエロ』の本体はこの遊園地火災を挟んだ数日の出来事を語っているだけで、ムンヌゼルグが語る前史をのぞけば、時間的広がりは限られているのですが、「エピローグ」が火災の一年後を語り、こうした時間的限定を埋め合わせています。時間がこの小説のテーマのひとつをなしていることは、まさしくこの「エピローグ」が、時の経過によってピエロに生じた変化（と不変化）の列挙によって始まることからもうかがえます。マイペースを貫いていて成長や堕落とは無縁に見えるピエロにも時間の影響は及んでおり、「年をとるにつれて彼は無精になってくる」と言われています。コーヒーにアルコールを入れるようになり、競馬をやめ、新聞を敷かず直に毛布の上で寝そべるようになったのが、変化した点。けれども、変化と不変をともに内包する川の流れと同様、ピエロにも変わらない点があり、あいかわらずベッドでぼんやり煙草をふかし、のんびりした通りの漫歩を楽しんでいます。

それからつぎに、アルジャントゥイユ門のほうにむかって、ゆっくり、平静に歩いていった。〔…〕彼はほうぼうの店先で立ちどまった。相変わらずそういう店が好きだったから。自動車や自転車や郵便切手を、所有にたいする気遣いからいっさい解放された通人の厳しさで、しかしそうした無欲さからくる満足感をこめて、とっくりと調べまわしていった。ボールベアリングの店の前を通って、相も変わらず完全無欠な弾道を描いている小さな鋼鉄の球体に再会する喜びも味わった。（二三〇頁）

ピエロの「相変わらず」の幸福感が「所有にたいする気遣いからいっさい解放され」た無欲さに由来していることが分かります。この直後、所有欲や支配欲の虜だった経営者プラドネが落魄《らくはく》した姿で登場することを思えば、両者の運命の分かれ目が何であったかが際立ちます。「自転車」や「郵便切手」やら、先に郊外の漫歩に言及した際に引用した一節にも挙げられていた対象に、ピエロは変わらぬ興味を抱いているようですが、とりわけ、「ボールベアリング」との「再会」に着目しましょう。この機械装置に対するピエロの関心は、この引用箇所以外に、第六章（一四九頁）および第七章（一九六頁）でも言及されています。どうしてピエロはボールベアリングにこれほどの興味を寄せるのでしょうか。プレイヤード版の注釈者は、作者のクノーもピンボールのようなこの種のメカに関心を持っていたと指摘していますし、考えてみると、ボールベアリングは回転木馬や飛行塔など遊園地のアトラクションに通じるテクノロジーだとも言えそうです。[25] けれども、「小さな鋼鉄の球体」と軸部分が絶えず回転しているにもかかわらず、全体は同じ場所に留まり同じ運動を繰りかえしているというボールベアリングの様態は、変化と不変を同時に内包していた川の流れと同じく、「同一の見かけのもとで（たとえ永続しそうに見えようとも）万物は流転する」というヘラクレイトス＝ピエロ流世界観のエンブレムとして機能しているとは見なせないでしょうか。ピエロには川の流れに象徴される無常観があり、この点も遊園地の永続的発展を信じていながら落ちぶれてしまったプラドネとは対照的なのです。

エピローグで語られる変化

さて、「エピローグ」におけるもっとも大きな変化といえば、遊園地跡地での動物園の開園です。コジェーヴによって示唆され、マシュレによって明示された図式によれば、〈歴史の終わり〉において人間は進歩のための闘争をやめ自然と和解するとされます。その意味で動物園は〈歴史の終わり〉を体現しており、ピエロはその時登場するとされる賢者の資質を備えている、というわけです。しかしながら、動物園は動物を檻に入れている以上自然と和解しているとは言えませんし、偽物の自然を見世物とすることで入場料をとるのですから、この施設を支配しているのは遊園地と同じ商業精神だと見ることもできるでしょう(26)。その意味では、動物園は遊園地の亜種に過ぎないのです。動物園が位置しているのは、ユニ・パークと同じく、都会と田舎の境界領域にある〈郊外〉でした。どっちつかずの郊外という場所が象徴するように、人間による支配と自然状態の葛藤は解決しておらず、歴史も終わることとなく続いていく。この小説の結末で示唆されているのはむしろこうした見方なのかもしれません。

エピローグを読むと、火災後の経営者プラドネが愛人レオニーに捨てられ遊園地再建の希望も果たせず零落していること、一方、礼拝堂とその番人ムンヌゼルグは健在であることが分かります。もし、プラドネの没落と礼拝堂の存続が対比されるだけであったなら、〈俗〉の敗北と〈聖〉の勝利を印象づける、図式的で教訓くさい結末になりかねません。しかし実際には、動物園による和解が見せかけに過ぎず歴史は停止していなかったように、礼拝堂にも時間による荒廃が忍び寄っているようなのです。「ピエロは長いことご無沙汰してしまった友人ムンヌゼルグを思いだした。彼はルイジ王子の墓をとりかこむ小さな辻公園を眺めたが、どうも以前ほどよく維持されてない（よく手入れされていない）ような気がした」（二三五頁）。歴史の流れを超越していられないだけでなく、そもそも、この礼拝堂は嘘を起源とする怪しい施設であるかもしれず（ムンヌゼルグの虚言やヴッソワによる詐欺など）、〈聖なるもの〉の側にも拭いがたいいかがわしさがつきまとっています。このいかがわしさが小説内で決定的に印象づけられるのは、エピローグの結末、つまり小説の最終部分においてです。久し振りにムンヌゼルグを訪ねたピエロは、礼拝堂の番人から自らの「相続者」に指名され、礼拝堂の管理業務を続けることを条件に、その財産を（といっても礼拝堂と住居だけですが）譲り受けることになります。ところが、そのことを記したはずの「遺言付属書」をムンヌゼルグ宅に置き忘れてきたピエロが、数日後に再び番人宅を訪問すると、そこにはなぜか遊園地経営者プラドネの娘イヴォンヌが居て、「つつましい家庭の主婦がやるターバンを頭のまわりに巻きつけて」大掃除の真最中なのです。ピエロがムンヌゼルグの消息を訊ねると、このところ身体の具合が悪かったので「田舎に保養に出かけてしまった」との答え。これはいったいどういうことなのか。身体の具合が悪い、というよりもう死期が近そうだと少し前に記されていましたから、ピエロという後継者を得て、安心して保養に出てしまったのでしょうか。だとしても、なぜムンヌゼルグの家にイヴォンヌが居るのか。プラドネがピエロに洩らした愚痴によれば、イヴォンヌはレオニーとともに父親を捨て、ヴッソワの動物園の切符売場で働いているとのことでした。イヴォンヌがムンヌゼルグの承諾を得てその居宅に入りこんでいるのだとすると、聖なる礼拝堂は俗なる動物園と裏で繫がっている（いた）ということなのか。あるいは、ひょっとすると、頑として敷地を譲らない礼拝堂に業を煮やした動物園側が、番人を殺して住居をのっとってしまったのか。これは極端な想像になりますが、そんなことを思わせる一節が小説の末尾に出てくるのです。

イヴォンヌはドア半分を閉めたままにしていたけれども、なにか大掃除と覚しい仕事が庭で行われているのを、ピエロは見ぬくことができた。そして、ごみ屋がまだごみを集めてない二つの大きなごみ箱には、壊れたガラクタ道具だとか、粉々になった古道具などが詰まっているのが眼にとまった。一方のごみ箱には、蠟人形の手さえあった。（二三九－二四〇頁）

この「蠟人形の手」はひょっとして本物なのではないか、ムンヌゼルグは動物園の関係者一味によってすでに殺されているのでは……。『わが友ピエロ』という小説には、すでに述べたとおり、何事も示唆するだけで明言しない傾向がありますから、この推測も完全にしりぞけることはできないかもしれませんが、やはりここでは人形の手とみなしておくのが無難でしょう。というのも、ムンヌゼルグ邸には彼自身にそっくりな蠟人形が置かれており、本人と勘違いしたピエロが人形としばし会話を試みる、という滑稽な場面が第六章に出てくるからです。それにしても、通常なら冒頭に登場して事件の発端になりそうな〈人体の一部〉が結末に現れるあたりには、推理小説の約束ごとを侵犯しようとする『わが友ピエロ』の企みがうかがわれますが、それ以上に、この肉体の一部が〈偽物〉（＝蠟人形）であることにも重要な意味を見出せそうです。すでに述べたような、礼拝堂の起源のいかがわしさや番人ムンヌゼルグの不審な言動を喚起するということだけでなく、そもそも、『わが友ピエロ』という小説自体が（さらに言えば、『はまむぎ』や『地下鉄のザジ』を始めとするクノーの大方の小説が）〈見かけと真実〉の問題系をめぐっているからです。ピエロが蠟人形をムンヌゼルグ本人と取り違える場面では、最初のうちは読者さえも蠟人形を本人と思いこんでしまうような書き方がなされています。


ムンヌゼルグは、廊下の奥のところに立って、彼〔ピエロ〕を待ちかまえていた。微笑を浮かべながら、彼の顔を見つめていた。ほんの数日のうちにムンヌゼルグがすっかり若返ったのを確かめて、ピエロはびっくりしてしまった。彼は礼儀正しく、もっともこの際はそれがふさわしいことだったが、柔らかいフェルト帽子を取ってそばへ近よっていった。

「よそで仕事の口を探していたもんですから」とピエロは言った、「それで、この数日お眼にかかりに来られなかったんです」

ムンヌゼルグは依然として微笑しつづけていたけれども、しかし返事はしなかった。その沈黙から予測されるところでは、日常的な挨拶のくだらぬ卑俗性など排除するような、重要な性質を帯びた宣告がこれから行われるらしいという気がしたので、ピエロはあえて手を差しのべる気にもなれずにその場に立ちどまってしまった〔…〕（一六四頁）

この後もしばらく、懸命に話しかけるピエロの様子と、相変わらず「無言の行」を続ける聞き手の様子が描かれ、相手が蠟人形だと判明するのは十行ほど先に進んでからなのです。第七章の冒頭でも、ピエロの旅の道連れが猿と猪であるとはしばらく分からないように書かれているため、読者は当然人間と旅しているものだと思いこんでしまうことでしょう。このように、『わが友ピエロ』という小説そのものが、仮面や偽りなどイリュージョンに満ちた遊園地の世界を模倣しているとも言えます。ユニ・パーク園内の描写は第三章までで姿を消すものの、遊園地ないし縁日的な雰囲気は、ユニ・パークを舞台としない小説後半部においても、基調であり続けているわけです。

あだ名と本名

〈見かけと真実〉の問題系のヴァリエーションとして、小説の冒頭から現れているのは、登場人物たちの〈あだ名〉あるいは〈偽名〉の問題です。たとえば、動物飼育業者ヴァッソワの変身ぶりは、仮面と偽りに満ちたこの小説の世界を集約的に示していると言えるでしょう。はじめに小説内で話題にされる際には、レオニーの初恋の人ジョジョ・ムイユマンシュとして現れ、しかもこの人物は、過去にシャリアクゥー、トリチェリなどと名乗っていたことも判明する（四二頁、九四頁）。さらには、ヴードゾイ王子として事故死を装った可能性も高い。その弟のクルイア・ベーの名は、職業柄、芸名と考えるべきでしょうが、遊園地で雇用する際、彼の身分証明書を見たはずのプラドネにとっても、腑に落ちない問題を突きつけたようです。

〔…〕彼〔プラドネ〕はひとりぼっちでブランデーグラスの前に取りのこされた。それからなおしばらく取りとめのない考えにふけっていたが、遂にわれとわが心にむかって、ねちねちと心にひっかかっているのはクルイア・ベーの戸籍上の身分のことなのだ、という決定をくだした。というのもクルイア・ベーはたしかに身分証明書を見せてはくれたが、そこでは、ムイユマンシュという名前にはなっていなかったからだ。では、どうして、ムイユマンシュという名の男の弟ということになるんだろう？　奴はレオニーをからかったのではないだろうか？（一二二－一二三頁）

ジョジョ・ムイユマンシュというのは、ヴッソワが用いていた偽名でしょうから、クルイア・ベーの身分証明書にこの名が記載されているはずはありません。それでは、「ヴッソワ」と記されていたのでしょうか。それも分かりません。「ヴッソワ」は本名なのか、これも偽名なのか、そもそも、クルイア・ベーとヴッソワは本当に兄弟なのか、すべて謎のままなのです。

いかにもうさんくさいこの二人組に限らず、『わが友ピエロ』の登場人物たちの多くは、とても本名とは思えない名前を持っています。ムンヌゼルグは本人が語るところによれば、パリ郊外の生まれとのことであり、移民の子孫だと言及されてはいませんが、アルテーム・ムンヌゼルグ（七八頁）という名前はまったくフランス風ではありません。さらに、ピエロやムンヌゼルグもそうであるように、登場人物名の頭文字はほぼＰとＭに限られており、作りものめいた印象が高められています。とりわけ、「ピエロ」、「プティ・プース」（＝親指小僧）、「パラディ」（＝天国）などは、あまり本名とは思えません。実際、小説の後半では、パラディと親しくなったイヴォンヌの口から、彼の本名が「ゴントラン」であることが明かされています。では、やはり「ピエロ」というのもあだ名なのでしょうか。この問題に決着をつける絶好の場面がエピローグに描かれています。

「これは」とムンヌゼルグは書きながら言った、「これは遺言じゃありません。遺言はもう作成されていて、公証人のところに預けてあります。これは遺言付属書です。わたしはあなたを相続人に指名します。しかしまだあなたの名前を知りません」

「ピエロです」とピエロは言った。(二三七頁)

日本語訳者の菅野昭正も指摘しているように、公文書である遺言付属書にあだ名の記載が許されるはずはありません。やはり、「ピエロ」は本名なのか。ひょっとすると、ルナ・パークがユニ・パークに変わり、実在しない「ラルム(涙)通り」に礼拝堂が建っている小説内のパラレル・ワールドにおいては、「ピエロ」のような名前が公式に通用しうるのかもしれません。しかし、パラディの本名が「ゴントラン」であると明かされているように、この世界においてもやはり「あだ名(偽名)」と「本名」の区別はあるようなのです。したがって、この小説において、ピエロは〈見かけ〉と〈真実〉が区別できない存在として登場していることになります。真偽が区別できない名、真でもあり偽でもある名をもつピエロは、それゆえに、俗世界の人間の中でただひとり、やはり真偽の曖昧な礼拝堂に接近することができたのでしょう。のみならず、〈偽り〉を〈真実〉と思いこませる施設、イリュージョンが売り物の遊園地にも同様に出入りし、それでいて遊園地にも礼拝堂にも本当には深入りしませんでした。二つの世界の橋渡しとなりつつ、どちらの世界からも距離を取るという賢明なスタンスは、ピエロの〈人たらし〉的処世術のおかげであるのみならず、そもそも彼が本質的に対立する価値のどちらにも与《くみ》しない存在であることによるのです。

ピエロによる俯瞰的総括

欲望や労働に駆動される〈俗なる世界〉と、これに対立する価値観を擁し一線を画する〈聖なる世界〉。それぞれが遊園地と礼拝堂によって寓意的に表現され、両者の角逐が遊園地火災によって終焉した暁には、人間と自然との和解を体現する動物園が開設され、この〈歴史の終わり〉に至って〈賢者〉が現れる……この見立てにおいては、〈聖なる世界〉が起源において抱え込んだいかがわしさや、小説世界全体を覆っている真偽の区別の曖昧さなどが考慮されておらず、そのままの形で受けとるわけにはいきません。しかしそれでも、動物園の開園を描くエピローグを〈歴史の終わり〉とみなしたくなるほど、ここでのピエロはこれまでになく〈賢者〉らしいたたずまいを見せています。エピローグの冒頭、〈近視〉のピエロが一年前以来の出来事を、つまり、遊園地での勤務、礼拝堂の発見、火災、地方への小旅行などを、珍しく俯瞰的視点から総括しているのですから。

これは彼の人生においてもっとも充実していて、もっとも完璧で、もっとも自立したエピソードのひとつであったし、必要な注意を凝らしてそれを考えてみると（ただしこんなことは彼にはごくたまにしか起こらぬことだったが）、それを構成しているすべての要素が互いにどんなふうに結びつきあってひとつの意外な事件に、つまり最初は不可解という局面で展開していき、やがて方程式と未知数とが同数ある代数の問題として解かれるような、そんなひとつの意外な事件に発展するはずであるかということだとか、それなのに実際にはどうしてそうならなかったのかということも、はっきり見えてきたし――またそこから作りだされたかもしれぬ一篇の小説、つまり犯罪があり、犯人があり、探偵がいる一篇の推理小説だとか、論証上のさまざまに異なる難点を繋ぐのに必要な歯車の結びつけかたなどもはっきりと見えてきたし、そしてまたそこから作りだされた小説は、人為的な技巧がすっかり剝ぎとられているので解決すべき謎があるのか否かを知ることが不可能であるような小説、つまりいっさいが捜査陣の計画どおりに繋がれることになって、実際のところそうした種類の活動、すなわち見栄えのするものがよびさます楽しみをすっかり欠いた小説になるだろうということも、はっきり見えてきた。（二二九頁、強調は引用者）

俯瞰的視点のみならず、引用中にも注記されているように、そもそも「考える」という行為自体が、これまでのピエロには似つかわしくない営みでした。〈賢者〉うんぬんはさておいたとしても、一連の体験を通してピエロが〈変わった〉ことだけは確かなようです。そして、ピエロの俯瞰的視点はさらに深い水準までを見通しています。ここでピエロが述べている「解決すべき謎があるのか否かを知ることが不可能であるような小説」とは、まさに『わが友ピエロ』という小説そのもののありようなのですから、ここでのピエロは一種の自己対象化まで成し遂げていることになるわけです。引用文中で何度も「はっきりと見えてきた」と繰り返されていますが、ピエロ以外の多くの登場人物にあっては、自らの〈視力への過信〉こそが、世界を明晰に把握しうるという思い込みをもたらしていたのでした。「方程式と未知数が同数ある代数の問題」のように、世の出来事から唯一の解が得られるという傲慢な思い込みを。一方、近視のピエロは、自分には見えていないものがあること、自らの視界に限界があることを謙虚にわきまえていました。そして、この謙虚さは、他者の言を鵜呑みにせず、一定の距離をとり相対化する分別とも関係しています。目に見えるものが〈本物〉かどうか確信できないのであれば、何でもかんでもやみくもに信用するわけにはいきません。実際、礼拝堂の世界と交際しつつも、ピエロは番人ムンヌゼルグの説明を盲信してはいないようです。「もっとも彼ムンヌゼルグの話したことをどうあっても信じなければならないとしたらだが」（二二八頁）。ピエロは、ムンヌゼルグの話が嘘かもしれない、あるいは、意図的でないにせよ誤りを含んでいるかもしれない、と感じているのです。しかしだからといって、礼拝堂の起源と遊園地火災について、ヴッソワが詐欺を企み、ムンヌゼルグが利用され（あるいは加担し）、プラドネが被害者となった、というような、はっきりとした出来事の真相をピエロが見通しているわけでもないでしょう。ヴッソワ黒幕説というのは、ピエロより多くの情報を持つはずの読者にとってさえ、あくまで「そこから作りだされたかもしれぬ」小説の一ヴァージョンに過ぎないのですから。ピエロはもっと現実的に、出来事とは「解決すべき謎があるのか否かを知ることが不可能であるような小説」なのだと悟っています。こうした世界観そのものがピエロの〈知恵〉だとも言えるでしょうし、自らの限界をわきまえる、という彼の具体的な分別がもたらした冥利と見ることもできるでしょう。

賢者の余裕

このように、エピローグにおけるピエロはものごとを大局的に眺め自らを客観視するなど、これまでにない〈知恵〉を見せている一方で、もともとの持ち味であった処世上の賢さも失ってはいません。たとえば、動物園の開園当日、入園を待つ長蛇の列から離れ寂しげにたたずむ元経営者のプラドネを見かけると、ピエロは自分から声をかけ、遊園地火災以来の身の上話を聞いてあげています。楽しき日々の回想、火災後の体調不良、娘イヴォンヌの裏切り、かつての愛人レオニーと動物飼育業者ヴァソワによる陰謀、遊園地の拡張という夢の終焉……。号泣しながら溜まっていた思いを吐きだしたプラドネは、別れ際、ピエロに感謝の思いを伝えます。

「わたしの住居はすぐそこですよ」、プラドネはだいぶ落着きを取りもどしてそう言った。「いまはこの通りに住んでるんですよ、女房の家、正式の女房の家にね。とにかくあんな話は大して面白いはずもないのに、一杯食わされた愚か者のたわ言を、ずいぶん長いあいだ聞いてくださったのだから、あんたはほんとにいいひとですな。さよなら、どうもありがとう」(二三四頁)

どうやらピエロには人の打ち明け話を引き出す才能があるようで、おそらく、その人なつこさや無防備さ、ゆったりとしたたたずまいが人びとのこうした反応を引き出すのでしょう。世間に背を向けて暮らす老人ムンヌゼルグからも、その生家や遊園地建設前の郊外の様子、さらには礼拝堂の起源といった、誰も知らない、あるいはもはや忘れ去られた事情を聞き出しており、そのことが、アルバイトへの就労や（頓挫したとはいえ）後継者への指名など、人生の新たな展開をもたらしていました。ピエロの他者との特異な関わり方は、零落したプラドネと別れた後、礼拝堂方面へと向かい、二人の〈友だち〉に思いを馳せるあたりからもうかがえます。

> いまや数個の岩塊が礼拝堂と隣りあわせになり、そして通りからでも、ときおり狒々《ひひ》たちが走りまわっているのが見えた。ピエロは友だちのメザンジュを思い出した。頑丈な格子の檻のなかに閉じこめられて、三つ揃いの背広や短いズボンを着たおしゃべりな霊長類を喜ばせているのだろう。
>
> 正面の家はぜんぜん変わっていなかった。ピエロは長いことご無沙汰してしまった友だち、ムンヌゼルグを思い出した。（二三四―二三五頁）

「友だち」の原語はいずれも son ami（〔彼の＝ピエロの〕友だち）であり、小説のタイトル『わが友ピエロ』*Pierrot mon ami* を喚起するものです。訳者の菅野昭正が述べているように、mon ami という言い方は「わが友」というほどかたいニュアンスではなく、親しみを込めた呼びかけに類するものなのですが、とにかく、この引用箇所におけるピエロは、社会の周縁に位置する老人と猿を「わが友」とみなして、その現況を思いやっているのです（「友だち son ami」と発話しているのは語り手ですが、この箇所においては、語り手はピエロに近い立場から語っているとみなせます）。別れたばかりのプラドネの境遇、すなわち、友人と呼べる存在を持たないばかりか、愛人や娘にも裏切られ孤独に零落してしまったプラドネの境遇と比較したとき、猿や孤独な老人であれ、あるいはそうした周辺者とすら、友と呼びうる関係を築けているピエロの、賢さと豊かさが際立つのではないでしょうか。さらに、猿のメザンジュがいる動物園への皮肉な言及からは、ピエロがこの施設に対して批判的であることが伝わってきます。エピローグの冒頭近くですでに、「結局のところ、動物たちに芸当を仕込んだり、檻にいれたりするのはまるっきりピエロのお気には召さなかった」（二二九頁）という理由で、ヴァッソワの動物園で働くことを断った経緯が記されているのですが、先の引用では、檻の中の猿が「友だち」と呼ばれ、檻の反対側で眺める人間たちが「霊長類」として扱われており、まるで動物園の内と外が逆転しているかのような口ぶりです。このようなピエロの姿勢を見れば、動物園を〈人間と自然の和解〉の寓意とみなしたり、ピエロの〈知恵〉を歴史の終焉に際して登場する〈賢者〉に特有の性質と考えたりするわけにはいかないでしょう。ピエロは確かに〈賢い〉のですが、その〈知恵〉は歴史の終焉うんぬんとはあまり関係がない。人に警戒感を抱かせず、するっと懐に入ってしまうピエロは、遊園地とも礼拝堂とも関わりつつ、どちらに帰属することもありませんでした。ピエロは、遊園地の火災や経営者の没落に、際限なく欲望を膨らませる〈俗なる世界〉のなれの果てを認める一方、礼拝堂にもなにかうさんくさいところがあることに気づいています。礼拝堂をめぐるヴァッソワの詐欺疑惑に関して、ピエロは小説の読者と同じ情報を手にしているわけではないにせよ、動物飼育業者＝動物園経営者ヴァッソワとクルイアア・ベーの兄弟関係、経営者の娘イヴォンヌと番人ムンヌゼルグの意外なつながり、ムンヌゼルグの謎の失踪などから、〈聖なる世界〉の怪しさを感じ取ったとしても不思議はありません。少なくとも、〈俗なる世界〉遊園地が滅びて、〈聖なる世界〉礼拝堂が勝ち残った、などとは思っていないでしょう。なにしろ、プラドネの落魄ぶりから気づかされるように、欲望渦巻く〈俗〉の極みたる遊園地であっても、誰かに生活の糧をもたらす役には立っていたわけで、その消滅が喜ばしいはずはありません。

イヴォンヌに応対されたムンヌゼルグ邸を去り、角までくると、ピエロはたちどまり、笑いだします。小説の結びに現れるピエロの「笑い」こそは、多くの読み手が指摘しているように、世の中の「見かけ」の下に潜むさまざまなからくりを見極めた〈賢者〉の余裕と見るべきでしょう。ただし、ピエロは「見かけ」の下に「真実」を見いだした、というわけではありません。そうした思い上がりは、おのれの視力を過信し、世の中の事象が代数方程式のごとく解きほぐせると考える人びとのものであり、ピエロからはもっとも遠い姿勢でした。〈賢者〉ピエロが見通したのは、世の中の〈見かけ〉の下にはさまざまなからくりがあるものの、自分を含め、誰もそのすべてを知ることはできないということなのです。そしてまた、十年一日のごとき日常が、実際にはその〈見かけ〉の下で、川面のように、ボールベアリングのように、日々刻々と変化を続け、移ろい去っていくということも。こうした〈知恵〉をピエロにもたらしたのが彼のどのような特質であったのか、もはや繰り返すには及ばないでしょう。「ひとから知的だと言われたことなど一度もなかった」人間こそがこのような境地に到達するように描くところが、人一倍知的な作家であり知の獲得に邁進し続けたクノーという知識人のユニークさであり、私が共感する点でもあります。学べば学ぶほど人は賢くもなるのでしょうが、より鋭く深く見とおせるようになる分、必然的におのれの無能力をも痛感せざるを得ません。クノーも長い間自分を無能だと思いこんでいたといいます。その意味で、社会の周縁にありながら屈託なく生きるピエロは、クノーにとって「理想化された幸福な分身」だったのであり、『わが友ピエロ』はクノーの「夢見られた自伝」として読まれるべきかもしれない、ミシェル・ビゴはそう記しています。(27) アルバイトの道すがら、赤葡萄酒の瓶をあけるだけで、《人生は生きるに価するな》とか《生活には楽しいことがあるもんだな》とか《人生とは面白いもんだなあ》とか《生活ってなんておかしなもんなんだろう》(一八〇頁)などと、たちまち幸福感に浸ってしまうピエロは、確かに賢者であり人の理想像のひとつをなしているのではないでしょうか。

註

(1) ピエール・マシュレ、小倉孝誠訳『文学生産の哲学　サドからフーコーまで』藤原書店、一九九四年、八五頁。
(2) アレクサンドル・コジェーヴ、上妻精・今野雅方訳『ヘーゲル読解入門　『精神現象学』を読む』国文社、一九八七年、二四五―六頁。
(3) マシュレ、前掲書、九一頁。
(4) Alexandre Kojève, « Les Romans de la sagesse », *Critique*, n° 60, mai 1952, p.389.
(5) *Ibid*, p.394.
(6) マシュレ、前掲書、八八頁。
(7) Michel Bigot, « *Pierrot mon ami* » *de Raymond Queneau*, Gallimard, coll. « Foliothèque », 1999, p.60.
(8) Zeev Gourarier et Jacques Roubaud, *Raymond Queneau et la fête foraine*, Réunion des Musées Nationaux, 1992, p.8-9.

（9）これ以降、本書における参照は、水声社刊「レーモン・クノー・コレクション」所収の日本語訳により、引用箇所・該当箇所のページ数を漢数字で示すこととする〔⑤菅野昭正訳『わが友ピエロ』水声社、二〇一二年／⑥三ッ堀広一郎訳『ルイユから遠くはなれて』水声社、二〇一二年／⑨芳川泰久訳『人生の日曜日』水声社、二〇一二年〕。なお、文脈の都合から一部訳文を変更した場合がある。また、それぞれの章で論じる小説からの引用は漢数字のみで行い、他の章で論じる小説からの引用の場合は、『ピエロ』、『ルイユ』、『日曜日』などの略称で当該作品を明示する。

（10）Marie-Noëlle Campana, « Attractions, exhibitions et manèges de cochons », *Formules* (Raymond Queneau et les spectacles), n° 8, 2003-2004, p.49.

（11）中藤保則『遊園地の文化史』自由現代社、一九八四年、一六四頁。『人生の日曜日』においても、主人公ヴァランタン・ブリュは、万博会場のアトラクションの中で、連れの女性といかがわしい行為に及んでいる（『日曜日』一七一頁）。

（12）ジョン・F・キャソン、大井浩二訳『コニー・アイランド　遊園地が語るアメリカ文化』開文社、一九八七年、七三頁。

（13）マシュレ、前掲書、三一二頁。

（14）マシュレ、前掲書、九〇頁。

（15）Bigot, *op.cit.*, p.102.

（16）ジョルジュ・ペレック、塩塚秀一郎訳『パリの片隅を実況中継する試み　ありふれた物事をめぐる人類学』水声社、二〇一八年〔原著刊行一九七五年〕など。

（17）Marie-Noëlle Campana-Rochefort, « Les lieux dans *Pierrot mon ami* », *Lecture de Raymond Queneau*, n° 2, juin 1989, p.46.

（18）中島万紀子「ポルデヴィア公国の継承——レーモン・クノーからジャック・ルーボーへ——」早稲田フランス語フランス文学論集、第3号、二〇〇六年、五三頁。

（19）Bigot, *op.cit.*, p.105.

（20）Derek Schilling, « Queneau porte Chaillot : Le savoir périphérique dans *Pierrot mon ami* », *Poétique*, n° 124, novembre 2000, p.453.

（21）Mary-Lise Billot, « En quête d'énigmes dans *Pierrot mon ami* » dans *Queneau aujourd'hui*, Clancier-Guénaud, 1985, p.105.

（22）Bigot, *op.cit.*, p.85.

（23） *Ibid*, p.84.

（24） *Ibid*, p.83.

（25） 高山宏によれば、十九世紀末の回転木馬の絵葉書の膨大さは、当時の人々にとってこの遊戯機械がいかに魅力的であったかを物語っている。さらに、回転木馬の体現する円運動は「制約された空間の中で、かなり持続する運動や無限のイリュージョンを体感させるには、というエコノミーの幾何学の問題への解答」として導入されたものだと高山は指摘している。高山宏『テクスト世紀末』、第十一章「テクスト・カルーセル」ポーラ文化研究所、一九九二年、二六三頁。

（26） Bigot, *op.cit.*, p.60 ; Schilling, *op.cit.*, p.451-452.

（27） *Ibid*, p.58.

第2章　映画と夢想『ルイユから遠くはなれて』——ジャックの場合

映画という気晴らし

遊園地が庶民に気晴らしをもたらす場所であったと言っても、ピエロのようにほぼ毎日そこに入り浸っているような人は珍しいでしょう。私の子供時代、遊園地に行くことは特別なイベントでしたし、親となった今でもさほど頻繁に子供を遊園地に連れて行けるわけではありません。より手軽で身近な気晴らしというなら、少なくともある時期までは、パリや東京のような大都市の住民にとって、映画に勝る娯楽はなかったのではないでしょうか。私よりもずっと年長の映画好きたちの回想によれば、都会ではずいぶん年少のうちから映画館通いをしていた子供がいたようです。私は映画産業がとっくに斜陽となってから地方都市で少年時代を過ごしたものですから、ご近所の映画館というものは存在しませんでしたし、繁華街にもさほど多くの映画館はありませんでした。そして何より料金が高かった。子供の小遣いでしょっちゅうまかなえるような金額ではなかったので、遊園地ほどではないにせよ、映画鑑賞もやはり特別なお楽しみであって、日常的な娯楽ではなかったのです。そんなこともあって、夕食後に歩いて映画を見に行く、というのは、私にとって憧れのライフスタイルだったわけですが、それが実現するには二十代半ばでのパリ留学まで待たねばなりませんでした。私が今住んでいる町は都心とは言い難い場所なのに、家から歩いて行ける距離に一軒映画館があります。近所にあるのだから頻繁に通っているのかと言うと、そんなこともないのですが、たまに映画館まで散歩の足を延ばして、そのうえいい映画に出くわしたりした時の気分は格別です。クノーの小説『ルイユから遠くはなれて』（一九四四）は、ご近所に映画館がたくさんあって、庶民にとって映画がごく身近な娯楽だった時代の物語です。小説には映画館や映画がくり返し登場し、その都度、主人公の進路をわずかに逸《そ》らせていくことになるでしょう。

その主人公はパリ郊外のルイユで暮らす少年で、名をジャック・ロモーヌといいます。靴下製造業を営む実際的な性格の父親に専業主婦の母親という、ごく平凡な家庭に閉じ込められた少年は、近所の映画館で上映される無声映画と、そこから育まれる夢想によって、しばしば退屈な日常からの脱出を試みるのです。父親の友人の無名詩人デ・シガールは、映画など想像世界への冒険において、少年のメンター的役割を果たしているのですが、現実逃避癖のあるジャックはこの詩人こそ自らの本当の父親ではないかと想像しています。

映画と夢想に養われた少年時代を経て、ジャックも世の荒波にこぎ出す時期を迎えますが、ボクシングで身を立てようと思い立つのはまだしも、ろくな実績も挙げていないのに、すでに世界チャンピオンになったつもりで妄想に浸るなど、相変わらず浮き足立った性格は直っていません。それでも、カフェのウェイトレスと結婚したジャックは、地方都市に引っ越して地に足を付けた生活を築こうとします。後述するように、現実と夢想をない交ぜにして語られるジャックの人生は、実際のところどのようなものだったのか分かりにくいのですが、大筋では以下のような軌跡をたどっているようです。大学で専門に勉強した様子もないのに、なぜか化学技師として製剤会社に入り込み、新飼料の開発に勤しむ。このまま地道な人生を送るのかと思いきや、町に巡業に来た旅芸人一座の中に幼なじみカミーユの姿を見出すと、一行の巡業を追いかけて仕事も妻子も捨ててしまう。夢見がちな性格はやはり変わっていないようです。これほどの犠牲を払ったにもかかわらずカミーユに捨てられた挙げ句、極貧生活の中で、今度はなぜか聖者になりたいなどと言い出す。まったくもって支離滅裂な人生を送るジャックですが、彼をこの落魄から救い出すことになるのは、カミーユの姉でやはり幼なじみのドミニックとの再会です。今や裕福なブルジョワ夫人となっていたドミニックに映画の端役《はやく》の仕事を世話してもらうことで、ジャックはなんとか人並みの生活に復帰するのです。と同時に、生きることに追われていた頃、あるいは、聖者を目指して自己を抑制していた頃には鳴りをひそめていた夢想癖が、映画の仕事に関わることによって、またぞろ頭をもたげ始める。ジャックは自分を救ってくれたドミニックに崇拝と恋心を覚えるのですが、昔からの友人リュカから、理想の女性像からは程遠い、ふしだらなドミニックの実像を知らされ、傷心の長旅に出ることになります。その後の足取りは断片的にしか知りえませんが、南米でドキュメンタリー映画を撮影していた時期があるかと思うと、最終的には、ジェームズ・チャリティーの名でハリウッド俳優として活躍していることが判明します。つまり、映画ファンだった少年が、長じては旅芸人の追っかけ、映画のエキストラ、ドキュメンタリー映画監督を経て、ついには映画スターにまで登りつめる、この小説はそういう映画をめぐる成長物語の枠組みを持っているとも一応は言えそうです。ただ、この小説の面白いところは、観客として映画を見ている少年時代も、エキストラとして出演している端役時代も、監督やスター俳優として産業の中枢に入り込んでからも、映画と実人生が切り離されることなく渾然一体のものとして描かれているところにあります。それが具体的にはどのような事態なのか、映画や想像世界に耽溺するジャックの生き方にどのような〈知恵〉を見出しうるのか、第2章ではこれらの問題を考察することになります。

以上の概観からだけでも、『ルイユから遠くはなれて』における映画が、単なる「気晴らし」にはおさまらない重みを持つことは感じていただけるでしょう。とはいえ、そもそも、ときに小難しい評論の対象になったりもする映画、かの「第七芸術」を、遊園地と同じような気晴らしと見なしうるものなのか、そういう疑問を抱く向きもあるかもしれません。しかしながら、『ルイユから遠くはなれて』では、映画の気晴らしとしての側面への言及によって、〈生のつらさ〉という小説の主題のひとつが展開されてゆくのです。実際、ルイユ在住の詩人デ・シガールは、子供時代の主人公ジャックに対してこう述べています。「この芸術は――ってのは、映画も芸術のひとつだからな――、日常生活のつらさを忘れさせてくれる」（四一頁）。詩など書いて優雅に暮らしているインテリが「日常生活のつらさ」なんて本当に感じているのか、などと嫌みの一つも言いたくなるかもしれませんが、実際、デ・シガールは日々つらさを噛みしめながら生きているのです。パリ郊外のルイユに住むデ・シガールは、〈おらが町の詩人先生〉、地元の名士なのですが、詩の本場パリではちっとも名が売れておらず、「不遇の詩人」「貧乏詩人」の境遇をかこっています。家庭生活も冴えません。妻に好きな人ができたあげく家出されて……というだけならよくある話かもしれませんが、デ・シガールから妻を奪った相手は、なんと、女性らしいのです。相手が男だったなら、男っぷりをあげてあいつを見返してやる、というような気持ちの整理もできるでしょうが、もとよりかないっこない相手にさらわれたのですから、詩人の傷は癒えようもありません。「あの町の名、シュレンヌって名を聞いただけで僕の心は騒ぐんだ。なぜかっていうとね、あそこには僕の愛する人が住んでるんだ、僕の愛する女、僕の妻、僕と別れた、僕を袖にした、僕を放っぽりだした妻、まあ十年夫婦をつづけたすえ平気で僕を捨てやがった、いけすかない性悪女ってことだがね、それなのに、あの女のことをいまでも僕は愛してるの

さ」（七七頁）

けれども、名声や愛情をめぐる失意以上に「日常生活のつらさ」を詩人に痛感させているのは病であるに違いありません。作者のクノーと同じく、デ・シガールは喘息らしき病に悩まされており、小説の開巻早々、発作に悶え苦しむ詩人の執拗な描写によって、この小説の基調となる〈人生のつらさ〉が印象づけられます。しかも、この喘息の描写は、単に言葉で「苦しい」とか「つらい」などと書かれているだけではありません。発作の苦しさを適切に表現する言葉がなかなか見つからず、語り手はあれこれと言い換えたり比較を試みたりしつつ必死でもがいており、あたかも文章そのものが語彙の欠乏に苦しみ窒息しているかのようなのです。[1]

ルイ＝フィリップ・デ・シガールは喘いではいない、喘いでいるとは言えないが、今、今というのは呼吸困難を意識してからということだが、つらい思いをしているところで、ルイ＝フィリップ・デ・シガールは両肺、肺の筋肉、肺神経、肺管、肺血管が収縮するのがつらく、これは一種の窒息だが、喉を、つまり管の上のほうを襲う窒息ではなくて下のほうからやってくる窒息で、また左右両方からやってくる窒息、つまり胸郭の窒息、呼吸タンクの封鎖なのだ。ああ、いまやもうつらくって仕方がない。これは両拳でぎゅっと襟をつかまれるみたいに首根っこに襲いかかってくる窒息ではなくて、横隔膜の暗闇からのぼってくる窒息、付け根からひろがってくる窒息で、それからまた悲しい窒息、気力の崩壊、意識の危機でもあるのだ。ああ、いまやもうつらくって仕方がない、なにしろ首を絞められるより、喉をふさがれるより、窒息するよりひどくて、生理学的深淵、解剖学的悪夢、形而上学的不安、反抗、嘆きで、心臓は早鐘を打ち、両手は握りしめられ、肌からは汗がにじみ出てくるのだ。（二一頁）

詩人がしばしば見舞われるこうした発作を、同じ集合住宅に住むご近所の女性は〈存在病〉と呼んでいます。この病名は、当時広まりつつあった実存主義思想への目配せでもありますが、それ以上に、詩人の苦しみを一個人の持病へと限定することなく、人間として生きる限り誰もが味わうつらさの象徴とする働きをしていると考えるべきでしょう。

このように、詩人デ・シガールは小説の冒頭で発作に悶絶し実存の苦しみを強烈に印象づけるのですが、この人物が物語の主人公を務めるわけではありません。「ルイユから遠くはなれて」いく主人公は、詩人と同じくパリの郊外ルイユに生まれ育ちながら、紆余曲折を経て、ついにはハリウッドスターにまで成り上がる男、ジャック・ロモーヌなのです。題名が示しているように、この小説においては、ルイユという郊外とパリや外国の町との距離が、主人公の生き方や意識のパラメータとして重要な意味を担っています。〈郊外〉は近年のフランス文学において注目されるトポスになっており、日本でも堀江敏幸のエッセイや昼間賢による一連の論考や訳業などがよく知られています。[2] 前章で論じた『わが友ピエロ』においても、遊園地ユニ・パークの所在地がパリの郊外アルジャントゥイユに設定されていたとおり、クノーはともするとパリにばかり関心が集中しがちな文学世界において、時代を先取りするかのように郊外に舞台を求めていたことになります。『ルイユから遠くはなれて』では「夢想」「憧れ」と「現実」の対立がひとつのテーマになっているのですが、訳者の三ツ堀広一郎ころが「あとがき」に記しているように、憧れや欲望がかき立てられるには、その対象が手の届くところにありつつも、そこから切り離されていなくてはいけません。パリに隣接する郊外は、首都の華やぎを知らない田舎ともすべてを手中に収めた都心とも異なり、欲望や妄想を脹らませるのに絶好の場所なのです。

映画との同一化

『ルイユから遠くはなれて』は「白昼夢の小説」とも呼ばれるように、夢見がちな主人公のジャック・ロモーヌが、ままならぬ人生を生きつつも、そのあらゆる段階で別の人生を夢み、ありえたはずの人生を想像する、という大枠をもっています。ウリポのメンバー、ジャック・バンスが「潜在的小説の打ち上げ花火」と評したとおり、この小説には別の小説のネタになりそうな要素があちこちに散りばめられているのです。

少年時代のジャックは、近所の詩人デ・シガールに連れられて映画を観に行きます。スクリーンにカウボーイが映し出されれば、これに同一化して自分もカウボーイになる。子どもだけでなく大人にだってありそうな反応ですが、小説の中では、実際にジャックの顔をしたカウボーイが映し出されているように書かれ、数ページにわたりジャックがカウボーイとして活躍するため、読者はにわかに戸惑いを覚えることになります。カウボーイの物語はやがて映画館の客席の描写に移行するので、「なんだ、今のは映画を見ているジャックの夢想だったんだな」と分かるわけですが、いつもそうした手がかりがはっきり示されているわけではありません。ジャックの夢想や妄想は突然始まり、どこまで続いているのかはっきりしないこともある。おまけに、現実の（とみなされる）ジャックの人生も、大胆な省略をともなって描かれるため、彼がどのような人生を送っているのかも、最初のうちは明確に把握しづらいのです。たとえば、第三章に出てくるビストロのウェイトレスは、第四章にはまったく登場しないのに、第五章ではジャックの妻として現れ、しかも子どもまで生まれている、といった具合。その間の事情についてはまったく説明されません。その他にも、別の名で再登場する人物がいたり、話し相手に対するジャックの嘘が読者にはすぐ見抜けないようになっていたりと、さまざまなことが重なって、ジャックの実際の人生と夢見られた人生の境界、現実と妄想の境界は非常に曖昧になっています。この曖昧さに苛立つ読者もいるかもしれませんが、理屈っぽく厳密に現実と夢想を切り分けようとせずに、両者が相互に混ざり合い渾然一体となる曖昧さをひとまずそのまま受け入れるのが、この小説を楽しむコツと言えるでしょう。

　映画の中の登場人物と一体化する、つまり、観客であるジャックが映画で描かれる世界内に入り込むという着想をクノーにもたらしたのは、バスター・キートン監督主演の長編第三作『キートンの探偵学入門』（一九二四）だったと言われています[3]。キートン演じる映写技師の青年が映写中に居眠りを始めると、多重露光による分身が映写室を抜け出し観客席を通り抜けてスクリーンの内部に入り込む。この時、スクリーンへの闖入者《ちんにゅうしゃ》が完全に映画の世界と同化してしまったなら、映画的にはさして面白いことは起きないでしょう。どこからやって来たのかはさておき、新たな登場人物が一人増えるだけに過ぎません。そこでキートンは闖入者をスクリーン内の表象と完全には同化させないことによって笑いを生みだしています。つまり、玄関前の階段を降りようとすると突然背景が転換して庭の椅子

映画の中の世界に入り込む主人公（『キートンの探偵学入門』より）

の上から落っこちたり、道路がずっと続いているつもりで歩き続けていると急に背景が変わって崖の先端から落ちそうになったりといった具合で、映画の背景と闖入者は同一水準に属していないことが分かるのです。

　このとき、映画内のスクリーンの外側に客席の一部も写り込んでいることから、メタレベルから映画が考察されていることは明白であり、しかも、当時の映画がしばしば書き割りをバックに撮影されたことを考えれば、このシークエンスは映画による自己批評とみなすことも可能でしょう。こうした批評的視点は、キートンから着想を得たクノーの小説にも受け継がれています。ただし、クノーの場合は、〈映画の中の映画〉ではなく〈小説の中の映画〉に焦点が当てられるわけですから、映画と小説という媒体の違いも浮き彫りにされることになります。少年時代のジャックが西部劇の主人公に同一化する箇所を少しずつ読んでみましょう。

　スクリーンには巨大な白馬、それから騎手の乗馬靴が映し出された。これがどんな展開を見せるのかまだわからなかったが、ベシュおばさんは心臓も割れんばかりの大音響で調子っぱずれのピアノをがんがん叩いていた。ジャックとリュカ〔＝ジャックの友人〕は、すぐ目の前に大きく体表を見せている馬に自分たちが乗っているような気になって、両手で座席をつかんでいた。そんなわけで、単蹄動物のたてがみと乗馬靴を履いた男の乗馬ズボンが映り、次いで乗馬ズボンを穿いた男のベルトに下がったピストルが映り、その後ピストルを携行している男の隆々と丸く盛りあがった胸部が映り、最後に男の面相が映る。いかにも名うての武人らしき男、他人の命などシラミの命ほどにも頓着しない大男だ。この男こそジャック・ロモーヌ、だがジャコ〔＝ジャックの愛称〕は、そのことにちっとも驚かない。（三六―三七頁、強調は引用者）

ジャックの少年時代が正確にはいつ頃なのか、小説に明確な手がかりがあるわけではありませんが、いずれにせよピアノの伴奏とともに上映されていることから、一九一〇～二〇年代のサイレント映画期であることが分かります。「……が映り」の繰り返しによって、今読まれつつあるものが〈現実〉の表象ではなく、映画の場面であることが繰り返し強調されています。それのみならず、文章は映画の技法そのものを模倣して、馬や男の体の一部だけをクローズアップしつつ、「ズボン」→「ピストル」→「胸」→「顔」というふうに、カメラの焦点はなめるように下から上へと移動していきます。しかも、移動が際立つように、直前にクローズアップした要素の一部が、次のクローズアップにも残るように工夫されているのです（「乗馬靴を履いた男の乗馬ズボン」→「乗馬ズボンを穿いた男のベルトに下がったピストル」など）。ジャックとリュカはスクリーン内の騎手にすっかり同一化し座席を鞍に見立ててはしゃいでいますが、語り手はしきりに介入して彼らが見ているものが〈映像に過ぎない〉ことを暴き立てています（いわゆる異化効果）。子供たちがすでに「乗っているような気になって」いる馬についても、「体表を見せている」〔planimétrique＝平面に射影された〕と形容され、本来三次元的である実物の射影に過ぎないことがわざわざ記されています。こうして、小説の語り手は、新芸術たる映画の新鮮な技法を言葉によって印象づけつつ、続く箇所では、同時に文学の老獪《ろうかい》さをも示すパフォーマンスを見せることになります。

〔…〕われらが主人公は、老人が乗った幌付きの荷車に襲いかかる。荷車を引いているのは、おおよそ二、三頭のラバだ。

手を上げろ。老いぼれは帰従する〔le vioc obtempère〕。ところがそのとき、なんということだ、彼女絶世の美女、清らかな〔innocente〕ブロンドの乙女があらわれるのだ。モノクロ映画には、彼女の目ん玉の紺碧〔la céruléinité de ses châsses〕をあらわす力がない。この点ははっきり認めておこう。ジャックは紳士として、彼女にこれっぽっちも痛い思いをさせるつもりはない。彼女のパパであるじいさんにだって、おんなじことだ。逆に、この二人を守ってやるんだ〔il les va protéger〕。ジャックは二人に同行し、おとなしくしている美女のそばで、馬の背に揺られる。おやじさんのほうは、ウキスキイで喉をしめらせて動揺を流し去ろうとしている。なかなか愉快なおとっつぁんで、足先もぴんぴんしており、棺桶に片足をつっこむにはまだ早いようだ。

（三七－三八頁、強調は引用者）

かつて三島由紀夫が述べたように、絶世の美女を登場させるにあたって、映画であれば誰からもそう認められる女優を探さなければならないし、どんな女優を連れてきても全員を納得させることはできませんが、小説なら「絶世の美女」と一言書きさえすれば、読者が納得のいく姿をそれぞれに想像してくれます。[4] この箇所においても、「絶世の」「美（しい）」「清らかな」というふうに形容詞を好きなだけ連ねることで、理想の「乙女」をいとも簡単に出現させることができるという、〈文学の自由さ＝ずるさ〉が実演されているとみることもできるでしょう。ロラン・バルトが喝破したごとく、写真は嘘をつけないのに対し言語は本質的に虚構的なのです。もちろん、映画は写真とは異なります。写真がつきつけてくる〈真実〉、つまり、衣装を着て演技をしていようとも、映画フィルムに映された俳優はかつてそのままの姿でカメラの前に実在していたという事実を観客が深く受けとめる前に、写真が一コマずつ連なることによって〈虚構〉が生じえます。けれども、美女とその父親の姿形や雰囲気などについて、映画は原則的にカメラの前の現実を操作することはできません。その意味で映画は素朴〔innocent〕なのです。のみならずこの箇所では、当時の映画技術はカメラの前の現実（「目ん玉の紺碧」）すら十全に表現しえなかったと、その非力さにまで言及されています。一方、文学のほうは、ありもしない存在を作り出したうえ、それを読者に素朴に提示するどころか、言語という狡猾な介在者を際立たせることにより、自らの提示物が〈作りもの〉であることを絶えず意識させるのです。たとえば、「美女の父親」という同一の指示対象が、あたかもそれが作りものであることを暴こうとするかのごとく、次々と異なる表現によって言い換えられています。「老人 un vieil homme」、「老いぼれ le vioc」、「じいさん le croulant」、「おやじさん le paternel」、「おとっつぁん le luron」。さらには、

「老いぼれ」と「帰従する obtempérer」、「目ん玉 châsses」と「紺碧 céruléinité」といったようなレベルの異なる語彙の並置や、文法の過誤ないし時代錯誤（« il *les va* protéger » という語順は古語法）によって、何らかの意図をもった語り手の存在が無視できなくなります。このように、クノーは映画の技法を小説に取り入れるとか応用するとかいった浅薄な試みを行うのではなく、〈スクリーンの言葉による記述〉を通じて、二つのジャンルの本質に関わる思索を愉快に実演して見せているのです。

映画的技法と言語の罠

さて、子供時代のジャックが西部劇を見ている場面を読みながら、映画と小説の関係について長々と論じてしまいましたが、このような考察は後年の作家クノーの関心事ではあったにせよ、サイレント映画に熱狂していたクノー少年、そして、アウトローと素朴に同一化してしまうジャック少年には無縁の屁理屈でしょう。そもそも、映画史研究においてしばしば指摘されるように、初期映画の観客は物語を観るというよりも、映写機というテクノロジーの実演を、いわば見世物のように楽しんでいたらしいのです[5]。もちろん、一九一〇〜二〇年代のサイレント映画は、すでに立派に物語を紡いでいたわけですから、最初期の見世物映画と同一視するわけにはいきません（ちなみに、先の引用場面については、初期西部劇を代表するスター俳優ウィリアム・S・ハートの主演映画『人生の関所』〔*The Toll Gate*〕（一九二〇）から示唆を得ているとも指摘されています[6]）。とはいえ、サイレント期の観客の多くは、複雑な物語展開よりも、映画にしか表現し得ない動きやスピードを期待していたことでしょう。ジャック少年が見ている西部劇も、アトラクション映画の片鱗をとどめているようです。スクリーン内のアウトローと同一化したジャックは、岩山の上から獲物を見つけ、馬を操り一気に駆け降ります。

ジャックの乗った馬は、切り立った斜面を駆け降りて〔déboulent〕いるように見える。そうと断られているわけではないけれど、キャメラが斜めに傾けられているからだ。ジャックと馬は、不意にあらわれる障害物を飛び越えたり、小川の上をひらりと舞ったりする。急流を挟んで切り立った両岸をつなぐ、柵のない細い橋を渡る。ジャックは自分の足元百メートル下にほとばしる水を見ても、めまいに襲われたりはしない。この橋を渡るのは平衡の法則に対する挑戦である（らしい）が、渡りきってから少し経ったところで、われらが主人公は、老人が乗った幌付きの荷車〔chariot〕に襲いかかる。（三七頁）

やはり「キャメラ」への言及によって、読者が物語世界に没入することは妨げられ、今読まれつつあるものがスクリーンへの投影に過ぎないことが喚起されています。にもかかわらず、主人公のアウトローははっきり「ジャック」と呼ばれていますから、映画の主人公との同一化はジャックの内心でのみ起きているのではなく、まさにスクリーン内で同一化が生じているような印象がもたらされます。引用中で言及される「めまい」はジャックではなくむしろ読者である我々こそが感じるのではないでしょうか。そんなふうに考えていくと、急流によって隔てられた「両岸」とは、スクリーンの内と外、想像と現実の比喩ではないか、とすら思えてきます。両者の境界を「ひらり」と舞って飛び越える様は、『ルイユ』という小説におけるジャックの振る舞いそのものではないでしょうか。後に見るように、この小説においては、スクリーンへの投影内容を現実と思わせたり、映画の撮影場面を現実世界の出来事だと勘違いさせたり、あるいはまた、小説内の現実を映画の一場面だと印象づけたりといったかたちで、現実と想像が混淆され、区別しがたいように提示されています。この現象がもつ意味についても後に考察するつもりですが、ここではひとまず、すでに小説の冒頭からその罠が仕掛けられていることを、先に引用した〈崖下り〉の一節と比較しつつ確認しておきたいと思います。『ルイユから遠くはなれて』の書き出しは、次のように映画を思わせるクローズアップによって始まります。

ブリキ缶からごみが転がって〔déboulèrent〕、ものすごい勢いでごみバケツのなかに落っこちた。かたまりが卵の殼、果物の芯、油紙、野菜の切り屑などに裂け、寄生していた匂いがもわっと立ちのぼってきたものの、そんなに嫌な匂いでもなくて、深い森にただよう湿った黴の香りに近いところもあり、ごみバケツのせいで錫の後味もともなっている。バケツの横に置いてある小さな荷車〔chariot〕は、清掃夫が明け方、歩道を伝ってごみを運搬してゆくのに使うものだ。中身が空っぽになったブリキ缶が男の腕先にぶらさがって七階までの道を戻ろうとしているところへ、小間使いがひょっこり姿をあらわした。（九頁）

ごみのクローズアップから始まる小説というのもどうかと思いますが、それはともかく、あふれるごみ箱からゆっくりと「男の腕」へ、それから「小間使い」へと映し出される対象が変わり、スケールも、物から人間の手足へ、そして人物全体へと拡大しています。描かれている＝映されている内容も、ごみの落下や裂開など、アトラクション映画的モチーフであり、ジャックが闖入する西部劇とも共通する運動を提示しています（さらに言うなら、「転がって」「荷車」など、同一の語彙も使用されています）。このように、小説の冒頭では西部劇の一節と異なり、映画を喚起する語り手の介入こそありませんが、意識的に映画の技法が模倣されており、現実を映画であるかのごとく受けとらせるという、この小説の仕掛けの一端がすでに作動し始めているのです。

記録映画

さて、すでに述べたとおり、初期の映画には遊園地の体感遊具に通じるようなアトラクション的要素があったようですが、そうした種類の映画は椅子におとなしく腰かけてうやうやしく鑑賞するものではなかったでしょう。馬と騎手が崖を駆け降りるシーンでは、悲鳴をあげたり思わず立ち上がったりする客もいたはずです。加藤幹郎によれば、サイレント映画の上映中「映画館内はピアノの音響と歌手と観客が歌う歌声と頻繁に沸きあがる観客の歓声（指笛や口笛）とおしゃべり〔…〕に満たされた、ほとんど祝祭的な空間であった」とのことです[7]。そういえば、ロジェ・グルニエの心に沁みる小説、『シネロマン』（一九七二）では、一九三〇年代の田舎町の映画館〈マジック・パレス〉に、歌手のみならず、軽業師たち、喜劇役者、空中曲芸師たちまでが出演していたことが思い出されます[8]。クノーの小説においても、先ほど引用した西部劇の上映場面の直前で、記録映画に退屈した子供たちが騒ぎ始めピアノの伴奏をかき消す様子が描かれています。

ジャコとリュカは、映画館〈ルイユ・パレス〉の前まで来た。熱狂した子どもたちが群れをなして開館を待ちかまえていた。〔…〕みんな知った者どうしなので、呼びかけの声があちこちであがる。いたずらやけんかも、あちこちで起きる。〔…〕それから記録映画がはじまる。イワシ漁を撮ったやつだ。ガキんちょにしてみれば、記録ものが面白くないのは当たりまえ。おまけに子供は我慢を知らないときている。結果、観客席はざわつきはじめ、やがてわめき声が大きくなって、そこにいた数少ない大人も、ベシュおばさんの奏でる調べを味わおうにも味わえないほどになる。そうしてから、全体が騒がしくなってきたところでイワシが消える。明かりがつく。子どもたちはふざけあい、紙つぶてやら、べとついた飴玉やらを投げあう。ようやくまた明かりが消える。場内が静かになる。最初の長編映画がはじまる。（三六頁）

この場面はアトラクション映画への熱狂を描いているわけではありませんが、「記録映画」の上映中にもかかわらず、「知った者どうし」で呼びあったりふざけあったりと、まるで村祭りのような「祝祭的空間」が出現しています。映画が庶民の気晴らしとして機能するに際しては、頭を使わずとも楽しめるアトラクション的内容だけでなく、社交および祝祭の場としての映画館が果たしていた役割も大きかったのでしょう。

さて、引用中に言及されているように、「記録映画」は子供たちに不評であるものの、小説内で長編劇映画の直前には必ず上映されています。「記録映画」と呼ばれていますが、ひょっとすると、これはサイレント期から一九六〇年代まで本編前に上映される習慣だった「ニュース映画」を指しているのかもしれません。そうだとしても奇妙なのは、上映されるのが毎回決まってイワシ漁のドキュメンタリーだという点です。「またイワシかよ！」と、繰り返しが生むギャグの効果があるのは言うまでもないにせよ（「イワシ」は後にボクサーの名前「テッド・ラ・サルディーヌ」としても回帰します）、クノーは〈反復〉という技法について意識的な作家でしたから、ここにはやはり何かしらの意味が込められているはずです。

詩人デ・シガールが子供たちに混じって映画を観に来たのは、〈存在病〉の息苦しさを忘れるため、気晴らしを求めるためでした。けれども皮肉なことに、イワシ漁の記録映画が映し出す映像、水から揚げられた魚が苦しそうにはねる様子は、デ・シガールに発作の苦しさを思わせかねないものなのです。詩人が〈存在病〉の発作に苦しむ場面、すでに引用した箇所に続く一節を読んでみましょう。

ルイ＝フィリップ・デ・シガールは死につつあるように感じられるので、いましも死にそうなので、もはや舟の上に放り出されたまま必死に口を開こうとする魚でしかない。だがルイ＝フィリップ・デ・シガールは肘掛椅子にじっとしたまま、水のなかから引っぱり出されて陸に出た水棲動物のように人間が呼吸できない世界に放り出されて、自分では死につつあるように感じているが、死にはしない、今回はまだ死なないだろう。息がだんだん荒くなってきて呼吸が止まり、何も胸のなかに入ってこなくなると、もう持ちこたえられないと思うが、それでも次の瞬間どうにか持ちこたえている。この地球を取り巻く大気は、シラミほどの大きさしかないルイ＝フィリップ・デ・シガールが生きる地球の大気は、痙攣が襲ってくるたびに口をだんだん大きく開いているというのに、彼の奥に、シラミほどの大きさしかない男である彼の奥深くにまで入ってこようとしない。(二二一―二二二頁)

窒息して死ぬかもしれないという絶望は、水から引き揚げられた魚の比喩によって表現されています。イワシ漁のドキュメンタリーを観るデ・シガールは、せっかく気晴らしに来たつもりがつらい現実に引き戻される思いだったかもしれません。そもそも、「記録映画」というジャンル自体が、想像世界に遊ぶ「劇映画」と味気ない「日常」のあいだに位置していることもあり、フィクションと現実の中間的様態とも言えます。こうした序列は、『ルイユ』で描かれるジャックの生涯においてもなぞられており、冴えない生活を送っていたジャックは、まず映画の端役の仕事にありつき、ついにはハリウッドに渡って映画スターになる、という出世街道の途中で、ドキュメンタリー映画の監督という段階を踏んでいるのです。

シラミが象徴するもの

ここでは、発作に苦しむデ・シガールが、水から出た魚だけでなく、なぜか「シラミ」にも喩えられていることに注目しましょう。実は、この箇所に限らず、『ルイユ』では全十章において満遍なく頻繁にシラミへの言及がなされています。老若男女を問わず登場人物たちは学校や兵役でシラミに悩まされた思い出を語り、小説の中盤で「化学技師」となったジャックは巨大シラミの開発を研究テーマにしていたり、競走馬やダンスホールの名がいちいちシラミにかこつけたものであったりする。好事家の調査によると「シラミ」そのものへの言及は最低でも二十五回なされ、「ケジラミ」など類語も含めれば、小説全体で六十二回の言及がなされるとのこと。[9] シラミに関わる会話は物語の進展に寄与しないという意味で〈寄生的 parasitaire〉ですから、この寄生虫への言及はメタテクスト的かつパフォーマティヴな機能を帯びていると言えましょう。取るに足りないおしゃべりの性質、「知的もしくは詩的な昇華を受けつけない余計者」（訳者解説）という性格を会話の主題であるシラミそのものが体現しているわけです。

寄生的なのはシラミをめぐるとりとめもない会話だけではありません。そもそも、小説の表題にもなっている郊外の町ルイユにしても、首都パリのおこぼれにすがって生きている、〈寄食者 parasite〉のような場所なのです。[10] さらに、そのルイユに住む「不遇の詩人」デ・シガールにしても、ジャックの父テオドール・ロモーヌの気前の良さに甘えて寄食者同然に振る舞っている。「〔デ・シガールは〕〔…〕なかなか立派なカフェをやってるアルチュールの店に入る。〔父親の方の〕ロモーヌがいる。きっと飲代を払ってくれるのではないかと思い、ロモーヌのいるテーブルに席をとる」（二七頁）。そもそも、「デ・シガール」という名はフランス語では「セミ」を意味し、ラ・フォンテーヌの寓話詩を通じて、働き者のアリと対照される〈怠け者〉を喚起します（一方、たかられる側の「ロモーヌ」という名は「施し」を意味する）。このように〈寄生的存在〉に遍《あまね》く取り憑かれた小説世界のありようは、開巻早々に発せられる「寄生していた匂い」という表現によって予告されているとも言えるでしょう。

とはいえ、シラミは単に寄生的存在様式を体現しているだけではなく、小説のさまざまなテーマを象徴的に担っていることが読み進むにつれて分かってきます。シラミについては吸血や感染症の媒介などその所業が〈悪〉と見なされがちであり、実際、登場人物たちの会話でもこの虫をめぐってしばしば悪をめぐる形而上学的問いが発せられています。「どうして神さまはあんなものをこさえたのかしら」（小間使いリュリュ・ドゥメールの疑問、一九頁）。しかしながら、シラミを〈悪〉の象徴に仕立て上げ、〈悪〉の問題を掘り下げていくというようなことは、登場人物の会話としても小説の主題としてもなされることはありません。なぜなら、『ルイユ』におけるシラミは、人間に害をなす〈悪者〉である以上に、人間から虐げられる〈弱者〉として現れているからです。小説で最初に展開されるシラミ談義の一部を見てみましょう。


「シラミ退治にいちばんいいのは」とテレーズ〔デ・シガールの隣人〕。「爪でつぶすこと」

「ぶちゅっていうでしょ、やだあ」とリュリュ・ドゥメール。

「虫なんてみんな、つぶすとぶちゅっていうものなのよ」とテレーズ。

「人間だってつぶすとぶちゅっていうんだぜ」とデ・シガール。「考えてもみろよ、お嬢さん、君がハンマーの真下にいるとしてさ、そのハンマーが上から落ちてくるとなりゃあ、そりゃ君だってぶちゅっというぜ」

「うわあ、やだあ」リュリュ・ドゥメールはおくれ毛を直しながら言う。（二〇頁）

絶えず人間に追い払われひねりつぶされる運命にあるシラミは、〈弱さ〉や〈惨めさ〉を体現するのみならず、ひるがえって人間存在の弱さや不条理をも象徴しているようです。隣人テレーズが直感的に見抜いたように確かに「ジッゾンもシラミに関係ある」（二五頁）のであって、デ・シガールの〈存在病〉とともに〈人間の惨めさ〉というパスカル的主題を提示しているのです。シラミの卑小さに人間の弱さを透かし見て、「お嬢さん」をからかってみたデ・シガールは、自らのこの残酷な想像を呼び水として、〈存在病〉の発作に襲われてしまいます。先に引用した発作の場面において、水から揚げられた魚のように窒息に苦しむデ・シガールが、唐突にシラミに喩えられていたのは（「シラミほどの大きさしかないルイ＝フィリップ・デ・シガール」（二二頁）、こうした含意があるからでした。

ここで、西部劇のアウトローとジャックが同一化する場面を思い出してみましょう。騎手の足元から腰や胸へとカメラが仰ぎ、ついに顔が映し出されるとそれがジャックのものだと判明する場面。「〔…〕胸部が映り、最後に男の面相が映る。いかにも名うての武人らしき男、他人の命などシラミの命ほどにも頓着しない大男だ。この男こそジャック・ロモーヌ、だがジャコは、そのことにちっとも驚かない」。なんと、こんな箇所でもシラミとの比較を通じて〈人間の弱さ〉というテーマが繰り返されているのです。そもそも、〈存在病〉に苦しみながら「日常生活のつらさを忘れ」るために映画を観に来るデ・シガールは、同じく映画館に逃げ場を求めていたであろうその他大勢の庶民を象徴的に体現していると言えます。はかない人間たち、死すべき運命にある人間たちは、その苦しい宿命を忘れるために、映画などの気晴らしを求めている。パスカルはそのことを厳しく批判したわけですが、気晴らしを求めずにはいられない庶民の生き方をクノーは同情的に見ているようです。ところが、まさに観客が「日常生活のつらさ」を忘れ映画に没入している様子を描く際にも、クノーはメメント・

モリ（死を忘れるな）とも言えるテーマを差し挟まずにはいません。しかもそれがシラミという滑稽な生き物を通じてなされているのです。ジッゾンだの人間の惨めさだの真面目で深刻な主題を扱いつつも、それをシラミという喜劇的存在に担わせているところはクノーの面目躍如たる「泣き笑い」の芸であり、シラミを通じた軽さと重さの並置や混淆は、笑いと哀しみが混ぜ合わされたこの小説全体のトーンを凝縮して示していると言えるでしょう。

夢想のメタファー

シラミが象徴しているのは〈人間の惨めさ〉だけではありません。頭にわき増殖するという性質からシラミは〈夢想〉のメタファーとも解しうるのであり、そのことは小説の第一章ですでに示唆されています。地方からパリに上京して小間使いとして働こうとしているリュリュ・ドゥメールが、やがて「お金持ちの男の人」や「王子さま」に愛されるようになり、「白象」やら「ダイヤ」やら「自家用ヨット」を所有し、「家来」を何人も使うようになる、という未来を夢想していると、その直後に、小説で初めてとなるシラミへの言及がなされるのです。


リュリュ・ドゥメールは天井を見上げながら笑みを浮かべる。

「王子さまが宙に浮かんでるのが見えるのね」とテレーズ。

リュリュ・ドゥメールはどこことも知れぬところを見つめながら、毛におおわれた頭皮の片隅を、優雅に折りまげた人差指で掻く。

「シラミでもいるの?」テレーズが尋ねる。
リュリュ・ドゥメールは答えない。まったくのうわの空。(一八頁)

これをきっかけとして、先ほど一部を引用したシラミ談義が始まるのですが、夢想とシラミの結びつきはこの導入部においてすでに明白です。しかし、その夢想とはどのような性質のものでしょうか。ひとときうっとりといい気持ちにさせてくれて、日常の憂さを忘れさせてくれるような、罪のない無害な空想でしょうか。リュリュ・ドゥメールの夢想は一見そのように見えます。けれども、彼女は白馬の王子を夢みつつ小間使いの仕事を着実に果たし、身の丈に合った幸福で満足するといった健《けな》気《げ》な女の子ではありません。王子さまとの結婚の夢想にふける直前には、「野心をもった男」には用心しなさいと説教するテレーズに対して、「わたしだって出世してもいいと思います」だの「わたしだって名誉とお金が欲しいわ」などと言い放っているように、彼女は極めて上昇志向の強い女なのです。つまり、リュリュが抱いた王子さまの夢想は、はなから実現可能性のない夢物語としてではなく、まさに「野心」として彼女の頭に取り憑いているのです。リュリュの夢想に引きずられて登場したシラミも、無害にひとを癒やすどころか、頭に取り憑き痒《かゆ》さでむずむずさせ、いてもたってもいられない状態に陥れてしまいます。シラミが象徴しているのは、野心的な夢想、あるいは野心そのものとみることもできるでしょう。

そのことは、ジャックの野心とシラミの関係に注目してみるとより明確になります。夢見がちな少年時代を過ごしたジャックは、青春時代にはアマチュアボクサーとなりチャンピオンを目指していますし、結婚してからは化学技師の仕事に就き《存在病》治療薬で一儲けすることを目論んでいます。仕事を離れても、素人劇団を主宰したり、旅回り一座の歌手ロジャーナといい仲になったりと、ジャックはなんともヴァイタリティーに満ちた野心家です。こうした野心に満ちた人生の前半期において、化学技師としてジャックの取り組む研究テーマが〈巨大シラミの開発〉なのですから、その含意は明白でしょう。一方、小説の中盤では、ロジャーナに手ひどく振られたことがきっかけとなり、ジャックは禁欲生活を始め「聖者」に憧れるようになります。そうこうするうち、あらゆる野心から解放されるや、ジャックは妄想にふけることもなくなるのです。というより、空想が心にきざすと、「上昇欲」や「野心」の種になりかねないからと、自らかき消して抑圧してしまう。ちょうどその頃ジャックは、裕福なモルソン夫人となった幼なじみの女性ドミニックと再会し、晩餐に招待されることになります。上流階級との陪食《ばいしょく》において、別世界の会話に疎外感を覚えるジャックは、生来の癖でつい空想にふけってしまいます。

会話は駆け足で進んでいくので、ジャックはたいていはるか後方に取り残された。〔…〕ジャックはふと、自分もこの輝ける人士たち、精力みなぎるシャツの胸当てでもってモルソン家の食堂を飾っているこの腕利きのスリたちの仲間入りをしたらどうだろうかと考えたりした。たとえば、タクシーに無線（の受信機）を搭載する商売はどうだろうか。儲けは十万フランほどにはなるかもしれない。いや、少なく見積もっても二十万フラン、いやいや、たぶん三十万にはなるだろう。そうすりゃ芝居とはおさらばだ。自由万歳。百フランの札束のクッションでもって、どんな衝撃からも守られた自由。だがジャックは、空想に引きずられはしなかった。この種の思いつきが浮かぶと、すぐに追っかけていって首根っこを押さえつけ、ひねり殺してやったからだ。謙虚なるものは、心の中であっても放恣なふるまいを許さないのだ。〔…〕映画やシラミや旅行のことが話題になるときだけ、ジャックはテーブルの真ん中にそっと自分の考えを差し出してみることがあった。(一三七―一三八頁)

タクシー無線機で大儲けする、というジャックの空想はまるでシラミのように「ひねり殺」されています。ここでは「空想＝シラミ」と明示されているわけではありませんが、すぐ後で、同じく空想の産物である「映画」と「シラミ」が並置されることによって、小説中盤でのシラミの含意が誤解の余地なく示されています(食卓の話題として「映画」や「旅行」とともに、さも当然のように「シラミ」が並べられているのも笑いを誘います)。なお、ジャックが露骨に金儲けに色気を見せ小説の振り子が〈現実〉側に振れる第六章では、空想や妄想は一切登場せず、ひたすら世知辛い現実世界が描かれるのみとなります。それでも、金儲けにせよ役者としての出世にせよ、ジャックが野心をむき出しにしている間は、その象徴たるシラミが小説から姿を消すことはなく、第六章においても登場人物たちは賑やかにシラミ談義を交わしています。ところが第七章に入ると、ジャックは野心を捨ててしまい空想が芽生えるとすかさずひねりつぶしてしまうため、シラミが関わる余地がありません。実際、第七章でシラミに言及されるのは先の会食中の一箇所のみなのです。その一方で、ジャックがなにやら唐突に「謙虚」だの「聖者」だの口にし始めるのはどうしたわけなのか。物の本によれば、「中世のヨーロッパでは、キリスト教信者たちは不潔なことやシラミたかりをむしろ謙譲の美徳のあらわれと考えていた。それで、シラミは「貧乏人の真珠」と呼ばれて、聖者のしるしとされていたのである[11]」とのこと。つまり、野心や空想が背後に退く第七章においては、それらの象徴たるシラミが一時的に別の象徴対象である「聖者」に置き換わっているということなのかもしれません。

夢想の価値

さて、ここまで、『ルイユ』においてシラミが象徴していると考えられるものをざっと見てきました[12]。害虫としてのシラミのイメージからして当然かもしれませんが、悪、人間の惨めさなど、この小説においてもシラミがプラスの価値を担っているようには見えません。しかし、シラミが象徴する空想や野心はどうでしょうか。これらについては一概に良いとも悪いとも言えないはずで、どんな空想を抱くのか、野心をどの方向に活かすのか、によってしか価値判断はできません。そうした空想の持つ価値の揺らぎを反映するかのごとく、『ルイユ』におけるシラミは、一般的イメージに反して、ときに積極的価値をもつものとして提示されています。アマチュアボクサーのジャックがトレーニングに通うジムで、練習の合間に競馬の勝ち馬予想が始まると、オーナーのルコック氏は「シラミハダ」という名の馬に賭けると宣言し、その理由を述べています。「シラミ持ちだったころを思い出すよ。幸せをもたらすんだよ、シラミってのは。糞とか四つ葉のクローバーみたいなもんさ」（五五頁）。もっとも、ルコック氏流の考え方は登場人物たちに共有されているわけではなく、シラミ談義で話題となるのはたいていシラミの殺し方であって、やはりこの奇妙な生き物は排除すべき有害なものと見なされているようです。ジャックの父親も例外ではなく、映画館から戻ったジャック少年と以下のようなシラミ談義を交わしています。

「で、面白かったの？」家に戻ったジャコにお母さんが尋ねる。

「面白かった」

「何を見たの？」

「どうせくだらん話さ」ロモーヌが話に割りこんでくる。「どうしてそんなこと訊くのかまったくわからんね。映画なんてくだらん。あんなもん見に行くのはガキだけだ」

〔…〕

ジャコは頭をボリボリと掻く。

「シラミもらってきたんじゃないでしょうね」お母さんが尋ねる。

「もらってないと思うよ、ママ」

〔…〕

「シラミくらい誰だってもらうさ」とロモーヌ。「たとえば俺だって……」

「わかってますよ」とロモーヌの奥さん。「兵役のときシラミもらったっていうんでしょ」

「大変だったんだよ！　奴ら、さんざん手こずらせやがって、こっちは容赦なしさ。一匹つかまえるたんびに爪で挟んでやって、ぶちゅっ、だよ。死んじまうまで苦しめてやったね。あの汚ねえ虫けらどもときたらなあ！」（四三－四四頁）

当時の映画館ではシラミをうつされることが実際にあったのかもしれませんが、ここでのシラミは〈映画館で取りつかれるもの〉つまり〈空想〉のメタファーとして機能しているとも考えられます。だとすれば、靴下製造業を営む父親は実際的な性格で映画を子供だましとみなしているのですから、シラミを嫌悪しそれらを殺すことばかり話したがるのは無理もありません。しかし、夢想家ジャックの価値判断は異なります。やがて〈巨大シラミの開発〉を目指してシラミを飼育するようになるのですから、「幸せをもたらす」とみなしていたかどうかはさておき、見つけ次第殺すべきものとは考えていません。シラミが象徴する空想についても同様で、先に見たように聖者に憧れた一時期は空想を抑圧しようとしているものの、長い目で見ると結局、ジャックは空想のおかげでつらい人生を生き延びてきたようなものなのです。そこで、以下しばらくのあいだ、ジャックと空想の関わりをもう少し丁寧に見ていくことにしましょう。

登場人物の問い直し

クノーの小説にはいつも、普通の小説の前提を覆すような、型破りなところがあります。たとえば、『わが友ピエロ』では謎の存在を自明とする推理小説の前提が疑われていました。『ルイユから遠くはなれて』において揺さぶられているのは、〈登場人物〉のあり方だとも考えられそうです。というのも、主人公ジャックはたえず他者と同一化してしまうため、登場人物として明確な像を結ぶことがないからです。まるでヌエのように捉えがたい、きわめて特異な登場人物なのです。通常の小説なら、ある登場人物がどんな顔をしていて、何を考え、どんな生活をしているのか、そうした事柄について小出しに情報が与えられることで、その人物は少しずつ存在感を増し、まるで実在する人物のような厚みを帯びて読者に迫ってくるものです。もともと小説は言葉だけで構成されているわけですから、存在感のある登場人物を造形するのは決して容易でなく、下手な小説家の手にかかると、まるでぺらぺらな操り人形が動いているかのような白々しさが漂いかねません。逆に、『赤と黒』のジュリアン・ソレルや『ゴリオ爺さん』のラスティニャックのような、傑作小説の登場人物は読後にも忘れがたい存在感を残し、読者の人生とともに生き続けることになるのです。

一方、『ルイユ』の主人公ジャックは誰とでも同一化し一定の形をもたない存在であり、そういう逆説的なアイデンティティの持主として読者の脳裏に刻まれます。実際、ジャックが同一化するのは、西部劇のアウトローなどスクリーン上の人物だけではありません。ふだんの生活においても、しばしばささいなきっかけから実在の他者に同一化してしまう。次の引用は青年時代のジャックが下宿の管理人室に郵便を取りに行った際、管理人のおじさんになりきってしまう場面です。


ジャックは管理人室の窓ガラスをたたき、郵便物を受け取るために中に入る。管理人のおばさんは不在だが、代わりにおじさんがいる。何かの病気とかで、数日前から耄碌《もうろく》している。

「わしゃゲンキじゃけん、大いにゲンキじゃけん」おじさんが言う。

「おかげさまで、ぼくもゲンキです」ジャックは答えた。

郵便物はひとつも来ていなかった。ジャックはおじさんを見た。かつてはそれなりの門番だっ

> たのだが、いまや手を震わせ、口からじゅくじゅくと泡を垂らしては、時おりサイフォンのような音をたてて吸いこんでいた。突然、このおじさんがジャック・ロモーヌになった。ジャックは同一化をうながす力にがっしり捕まえられるのを感じて、肘掛椅子に座りこんでしまった。そして、仕方なく正面のボケ老人といっしょに、「わしゃゲンキじゃけん、大いにゲンキじゃけん」と唱えはじめた。すると新たな目がひらいて、老人の背後に、ひと続きの流れになった人生が見通せた。幸せな子ども時代、途方もない野心、苦い失望、官吏の職、過失による公職追放、あばずれとの結婚、そしてぱっとしない仕事を次々にこなしてきたあげくに就いた管理人の仕事。しかも、この悲しい人生の幕引きに、昔もらった梅毒とは、なんと哀れなことであろうか！　同一化の極めつけに、ジャックは両手を震わせた。手はまるで、十一月の雨まじりの穏やかな風に揺れながらも、まだかろうじて木にくっついている古い枯葉のようだった。ジャックはこの状況が嬉しかった。なんだかんだ言ったって、落ちぶれた門番となって、わしゃゲンキじゃけん、大いにゲンキじゃけんと、たどたどしく口にしつづける喜びと同じような喜びを、自分自身で手に入れることはついぞあるまい。（五〇頁）

子供時代のジャックは映画の主人公と同一化していましたが、青年時代のこの場面では映画ではなく実在の人物と同一化しています。しかも、子供が憧れそうな華々しいヒーローではなく耄碌しかかった老人と同一化し、ぱっとしないその人生を追体験しているのです。それでいてジャックは結構嬉しそうです。確かに落ちぶれた管理人の経験などそうできるものではありませんから、特技ともいうべき同一化能力のおかげで、普通なら体験できない人生を味わえているわけです。こんなふうに見てくると、ジャックの妄想が果たす役割というのは、結局、我々にとっての映画や小説の役割と同じだということが分かります。子供の頃は映画や本を通じてヒーローになれるしそれが楽しいわけですが、もう少し成長すると、犯罪者や異性、外国人など、自分と全然違う境遇に身を置いてみることが楽しくまた有意義だとも感じられるようになります。子供にとって本の主人公は「憧れ」ですが、大人にとっては必ずしもそうではない。大人は自分と異質な存在と同一化できるし、それこそが楽しい。そのことをよく示す場面があります。少年時代のジャックが西部劇を観る場面の後、詩人デ・シガールは一緒に鑑賞した子供たちに映画のもつ同一化作用について語り聞かせています。その際、子供たちが揃ってアウトローになりきっていたと話すのに対し、詩人はヒロインに同一化していたと明かして子供たちを驚かせるのです。なりたい人物になる子供のフィクション体験と、自分と隔絶した他者の経験を求める大人のフィクション体験が対比的に示されているとも言えそうです。このように、『ルイユから遠くはなれて』は、フィクションに関するフィクション、いわゆるメタフィクションの性質を備えつつ、登場人物やそれとの同一化の問題へと読者の思考を誘う小説でもあるのです。

現実と想像の境界

ところで、ジャックという登場人物が捉えがたいのは、さまざまな他者に同一化するためだと先に述べましたが、現実のジャックと想像上の同一化とが截然《せつぜん》と区別されているのなら、実際には深刻なアイデンティティの揺らぎは生じないはずです。『ルイユ』において真に特異なのは、現実と想像の境界が曖昧で、ときに通底しているようにすら思われる点にあります。もっと具体的に言うと、ジャックの夢想はどこから始まるのかが必ずしも明確ではなく、しばしば読者はいつのまにか想像の世界に入り込んでいるのです。たとえば、こんな箇所。アマチュアボクサーのジャックは、ジムの仲間たちに励まされ練習に精を出しています。「おかげで輝かしい成績で予選を突破し、挑戦者となったすえ、チャンピオンを叩きのめしてしまった。右ストレートの破壊力は恐るべきもので、左は電光石火の速さ、脚の動きは目にも止まらぬほどになっていた。これくらいなら、プロに転向したってよかった。じっさいジャックはプロになった」（五六頁）。アマチュア選手権で好成績を残したので、「プロになることを夢みた」のではありません。はっきりと「プロになった」と記されています。ずっと後まで読み進むと、プロになった云々というのはジャックの夢想に過ぎず、実際にはアマチュアチャンピオン止まりであったことが分かるのですが、とにかくこの箇所を読む時点では「プロになった」ことを現実と受けとって先に進むよりほかありません。この後、打ち負かした対戦相手の名とともにプロでの活躍が記されていきます。これらの名はフランスの有名出版社名のもじりだったりして嘘くさいのですが、もともとこの小説をジャックの伝記として読んでいる読者はいないわけですから、相手ボクサーの名が嘘くさいからといって、ジャックのプロデビュー自体も小説世界の中での嘘と決め付けるわけにはいきません。あくまで小説内のジャックにとって、プロボクサー体験が現実として提示されているのか、それとも夢想として提示されているのかが問題なのです。しかし、もう少し先まで読み進むと、どんなに鈍い読者にもさすがに事情が分かってきます。

そしてフランス選手権、ヨーロッパ選手権、マジソン・スクエア（ニューヨーク市）での世界選手権、と階段を駆けのぼっていった。世界チャンピオンになり……さらに数年にわたってジャック・ロモーヌはタイトルを防衛するが、やがて自分からベルトを返上してしまう。テキサスに隠遁し、そこで結婚し、阿片を吸いながら綿を栽培し、スクーナーを購入して世界一周の船旅をしている最中に海難事故に遭って死亡する。そして太平洋から幽霊となって浮かび上がりゆっくりと波に運ばれて中国の沿岸に漂着すると記憶の巡礼杖を手に入れてゆっくりと地表をすべってボクシング道に目覚めた町からも遠くないセーヌ県の中心地パリまで来たジャック・ロモーヌはあたりを見まわす。彼のほうに向かってじいさんが一人、そのうしろから小さな女の子が二人、歩いてくる。向こう側の歩道にはご婦人とその孫息子、そのうしろには神父さんが歩いている。幽霊が憑くのにふさわしいのは、この人たちのうちの誰なんだろう。ジャックは時おり、道行く人をひとり選んで後からくっついてゆく。どんな人だか知りたいというより、数分間その人の姿をまとってみるためだ。が、今朝は魅力的な獲物が見あたらない。ジャックは道を歩いていく。

（五六―五七頁）

プロに転向してあれよあれよというまに「世界チャンピオン」にまでなってしまったという記述を読むと、そんなにうまくいくものかな、と疑念がきざし、「世界一周の船旅」だの「海難事故」だので、ああ、これは夢想なんだ、と得心し、「幽霊となって浮かび上がり……」のくだりが決定打となるはずです。正確にどこで夢想に移行したのかは、この時点ではっきりしませんが、しばらく前からジャックの夢想が語られていたことだけは確かです。でも、ジャックは夢想の内部においても、パリで幽霊となり、「取り憑く」べき人、「姿をまとってみる」べき人を物色している。こういう振る舞いは、夢想の中ではなく現実のジャックが少年時代から行っていたことそのものではありませんか。西部劇のアウトローの「姿をまとって」みたり、管理人のおじさんに「取り憑いて」みたり……。そのため、どんなにうっかりした読者であっても、今ここで語られているのは、「幽霊のジャック」を主人公とする夢想だとはっきり意識しているはずなのに、現実のジャックのいつもの行動をたどっているような錯覚をしてしまうのです。問題の一節はこのような錯覚を強化する方向へと続いていきます。もう少し先まで読んでみましょう。

> 行先はわかっているつもりだけれど、突然それがわからなくなる。取り憑いた人物が、平々凡々たる一市民にすぎないからだ。それでもジャックはこの人物にしがみつく。〔…〕この男の仕事はなんだろう？　さっぱりわからない。〔…〕そこへきて突然、男は、通りすがりの婦人のハンドバックに飛びかかるや一目散に逃げて行った。襲われた女は叫び声をあげ、おまわりさんがひとり泥棒の後を追っかけながら、あの危険きわまりない悪党を捕まえるべく市民の皆様のご協力を仰げれば何よりでありますと大声で発言したのだが、泥棒のほうもなかなか抜け目のない奴で、そこらへんの家に飛び込んでしまった。その家というのは、じつは入り口が二つある家だということを、首都パリを念入りに踏査しはじめていたジャックは知っていた。

この謎の人物の行末を心配する必要のなくなったジャックは、警察がとっている初歩的かつ無駄な行動にかかわりたくなかったので、唐突に終わった追跡劇のせいでいったん外れていた道をふたたび辿りはじめた。ジャックはひそかにほくそ笑んだ。まわりの人びとをうまい具合に騙しおおせたのだ。仮面ヲ付ケテ進ミ出ル！　あの泥棒がじつはぼくだってことは、誰も気づくまい。

（五七―五八頁）

だんだん頭が混乱してきますが、要するに、夢想の中でパリの路上をうろついているジャックは、その夢想の中で別の男に取り憑き「泥棒」として振る舞っているわけです。夢想の中に別の夢想が入り込んでいる、と言ってもいいでしょう。この位相の多層化によって、もともと夢想の産物だったはずの〈パリの遊歩者ジャック〉が、〈現実〉のように感じられてきます。そして、どうやらそれが真相のようなのです。というのも、先の一節をさらにもう少し読み進めると、ジャックは〈ツイン＝ツイン・バー〉に歩いて到着したことが分かるからです。つまり、想像による枝葉を取り払ってしまえば、ジムでボクシングの練習に励んだあと、歩いて〈ツイン＝ツイン・バー〉に向かった、というのが、ジャックの現実の足どりであり、その途中で、世界チャンピオンになったり、幽霊になったり、他人に取り憑いたり、といった夢想にふけっていたということらしい。ということは、〈パリの遊歩者ジャック〉の一節は、幽霊云々の直後に出てきますから、まずは夢想として理解されるべきですが、よくよく考えてみるとジムからバーへと歩いて向かうジャックの現実を反映しているとも言えるわけです。このように、どこまでが物語世界内の現実で、どこから登場人物の想像が始まっているのか、両者の境界がきわめて曖昧であることをお分かりいただけるでしょう。

現実から想像への唐突な移行

現実から想像へ唐突に移行している場面は他にもあります。ジャックはパリ市内のカフェで仲間と別れ、郊外のルイユまで市電に乗って帰りつつあります。突然、車掌の女が幼なじみのドミニックに似ているような気がしたので思い切って話しかけてみる。すると、車掌はドミニック本人に間違いなく、何らかの事情があってこの仕事をしているらしいことが分かるのです。この場面の後、すぐにジャックとドミニックが高級レストラン〈マクシム〉で夕食をともにする、という記述が始まります。これまでにも唐突な場面転換は繰り返されていますから（映画技法の模倣という指摘もある）、読者はやや戸惑いつつもその種の場面転換だと受け取り読みつづけるでしょう。すると、ジャックは夕食をとりながらドミニックの身の上話を聞いてあげている。本当はバレリーナになりたかったのに不運が重なって車掌の仕事をしている、とドミニックは嘆きはじめます。

わたし、ほんとはバレリーナになりたかったのよ。なればいいじゃないか、ドミニック。そこで彼は彼女のために、アルミニウムのテラスが付いた白壁のモダンな一人部屋をあがない、踊りのレッスン代、ドレスや宝石の代金を支払ってやる。しかし彼は、彼女に指一本触れない。それからある日、サル・プレイエルでの独演会が大当たりを取り、新星バレリーナの登場に拍手喝采が送られる。そしてその晩、彼女は彼に身をまかせるのである。

「終点ですけど」と彼女は彼に言った。

「これは失礼しました」

彼女は苛立ちと軽蔑をあらわにして、彼が降りるのを待っていた。〔…〕いったいどうしてこの筋骨たくましい女がドミニックに似ているなんて思ったのだろうか。続けてその理由をいろいろ考えてみたが、答えは見つからなかった。（七〇―七一頁）

バレリーナになる夢を実現させるために、ジャックはなにくれと世話を焼いてやり、二人はとうとう結ばれる……というところで、「終点ですけど」の一言によってジャックは白昼夢から覚め、読者はここまでの記述が妄想であったことに気づかされます。つまり、〈現実〉だと思って読み進めていた箇所のステータスが、突然〈想像〉の領域に移行するわけで、やはり戸惑わずにはいられません。しかも、どこからジャックの白昼夢が始まっているのかも判然としないのです。車掌を務めるドミニクは現実に存在していて、ジャックと彼女の夕食だけが妄想なのか、それとも、車掌はそもそもドミニックではなかったのか。引用箇所の最後を読むと、どうやら真相は後者だったようで、ジャックが車掌に話しかけて会話が始まる時点から白昼夢が始まっていたようなのです。だとすれば、えんえん二ページ以上にわたりそれと明示されないまま白昼夢の記述が続いていたことになるわけですから、「終点ですけど」の声は読者にとっても衝撃的に響くことでしょう。

もっとも、車掌との会話シーンや〈マクシム〉での夕食場面に、白昼夢であることを疑わせる記述が紛れ込んでいないわけではありません。たとえば、車掌に対してジャックは「デ・シガール大公です」と名乗っています。少年時代のジャックが自分を、母親と詩人デ・シガールのあいだに生まれた不義の子と想像したり、高貴な血を引いていると夢想したりしていたことが反映しているのです。車掌との会話そのものが空想なのですから、「デ・シガール大公です」という名乗りそのものも空想内部の発話とみなせるでしょうが、ジャックが自らを大公の子孫であると空想していたことは〈事実〉です。ですから、夢想家肌のジャックが、淡い恋心を抱いていた幼なじみに再会したとき、自分を大公と名乗ることもありえなくはないでしょう。あるいは、ドミニックのバレリーナになる夢を支援してやる箇所についても、この時点でアマチュアボクサーである他にはまともな職に就いている様子のないジャックが、部屋をあてがったり宝石代を払ったりできるはずがありません。明らかにこれも夢想に属しているのですが、その出発点はどこなのか。〈マクシム〉で夕食をとりながら夢想にふけっているようにもとれるのです。このように、〈市電における白昼夢〉の場面においては、現実寄りの要素と夢想寄りの要素が混在しており、すっきりと切り分けるのは容易ではありません。

想像と現実の相互浸透

〈ボクシング世界チャンピオン〉の一節や〈市電の車掌ドミニック〉の一節とは逆に、夢想だと思って読んでいたら現実だと判明する例もあります。とはいえ、その〈現実〉も読み進むにつれやはり夢想だったと分かるというぐあいで、二転三転する複雑さ。先に見た西部劇のシーンの続きにあたる、休憩後の上映場面を読んでみましょう。

〔…〕最後に明りが消える。すると、しんと静まりかえるなか、ひとりの発明家の物語が繰りひろげられてゆく。一方では妻に裏切られ、他方では発見の成果を良心のかけらもない悪党どもに横領される発明家。この発明家が、ジャック・ロモーヌの興味を大いにそそる。というのも、ジャック自身も技師で、世間をあっと言わせる発明をいくつもやってのけようとしているからだ。上映が終わるとジャックはそそくさと実験室に戻り、いっそう熱心に仕事に取りかかる。ぼくは身ぐるみ剝がされたりなんかしないぞ。だってこの先どうなるか知ってるもの。サイレント映画だって役に立つというものだ。というわけでジャック、仕事に邁進する。ひたすら仕事、仕事。それどころか、ぎゅうぎゅう知恵をしぼれるだけしぼる。そしてある日、ついにやったぞ、ワレ発見セリ、発明だ。何を発明したかといえば、つまりは空を飛ぶ機械。

ジャックは世界で初めて英仏海峡を渡り、初めてパリ―ニューヨーク航路を開き、初めて無着陸で地球を一周する。彼は抜かりのない男で先見の明もあったから、特許をたくさん取得してあった。というわけで飛行機を製造できるのは彼だけだし、大量生産もおこなうので、彼は超弩級の億万長者に、したがって世界でも最大級の権勢家になる。ふたたびロモニンガ朝の王座にのぼり、ついには〈地球の覇者〉と言われるようになる。哀れな発明家のほうは妻を寝取られ、不遇をかこち、破産の憂き目に遭って死んでしまう。

明りが戻る。（四二―四三頁）

西部劇の場合とは異なり、スクリーンに発明家が映し出されても、ジャック自身がその発明家となって画面に入り込んでいるわけではありませんが、彼自身も「技師」であると記されています。これはどういう意味なのでしょうか。「技師」になってスクリーンに入り込んでいるのか、「技師」になったつもりで発明家の物語を鑑賞している、ということなのか。いずれにせよ、上映中の妄想に過ぎないのだろうと思っていると、「上映が終わるとジャックは実験室に戻る」という語りが続きます。この上映場面でのジャックはまだ少年のはずなのに、映画が終わっても「技師」のままというのは妙だな……などと混乱しているうちに、話はどんどん膨らんで「億万長者」だの「地球の覇者」だのが出てくる。やはりこれは夢想だったんだと思うと、案の定「明りが戻る」というわけで、途中からジャックは、妻を寝取られたり破産したりするスクリーン上の「発明家」の物語と絡めつつ、自分自身の夢想を膨らませていたことが分かるのです。

これまでに引用した夢想の場面と同様に、この一節においても、読者は自分が読みつつあるものがどの水準に位置づけられるべきか摑みにくいと感じることでしょう。さらに話を複雑にしているのは、その後の人生でジャックが実際に「発明家」あるいは「技師」になり「妻に裏切られ」たりもすることです。この時点ではスクリーン上の虚構ないしジャックの夢想として現れた事柄がのちには小説内の現実になる。一方、小説の終盤では、ジャック・ロモーヌはジェームズ・チャリティーと名を変え、映画俳優として活躍していることが判明します。つまり、ジャックの実人生もいくらか虚構に侵入されていることにもなる。このように、語りの水準において、想像と現実を明確に区別する指標があえて省かれることによって、二つの世界は互いに浸透しあい通底してしまっているのです。

夢想の減少

もっとも、想像と現実の相互浸透という現象は、小説を通じてつねに同じ頻度で生じているわけではありません。怒濤のような夢想の炸裂は子供時代の特権なのでしょう、さしものジャックといえども大人になって生活の苦労がのしかかってくると、想像にふけってばかりはいられないようです。すでに言及したように、小説中盤の第六章では、大人になったジャックは地方都市で冴えない暮らしを送っており、彼の夢想はまったく描かれていません。章の冒頭では、ジャックは新薬の発明者に金儲けを持ちかけ断られています。このエピソードが予告するように、第六章には世知辛い現実に直結する話題が多く、夢想が拡がる余地がないのです。本来なら味気ない生活からの逃避となるべきスペクタクルの世界も、旅芸人の巡業にせよ、ジャック自身が主宰する素人劇団にせよ、いずれもぱっとせず、現実から離脱するパワーを欠いているようです。のみならず、ジャックが旅芸人の一座や素人劇団の稽古に気をとられている間に、妻のシュザンヌは間男を呼びこんだうえ、芝居に逃げ込む夫を嘲笑し「なんてみんなお馬鹿さんなのかしら。人間って哀れねえ」(一一三頁)などとつぶやく始末。〈人間の哀れさ〉は夢想が姿を消す第六章にとりわけ色濃く現れてくる主題です。夫婦関係の破綻を知ってか知らずか、とにかく地方都市での冴えない生活と「けりをつけるため」、ジャックは家庭を捨ててパリ行きの「三等車」に乗り込むのでした。

この後、すでに述べたように、ジャックは一緒になるはずだった旅回りの歌手ロジャーナ(=幼なじみのカミーユ)に手ひどく振られ、一切の野心を捨てて「聖者」に憧れるようになります。夢見がちな少年時代、野心に満ちた青年時代とは異なり、家庭生活の破綻や愛人との別れなど、人生の苦みもそれなりに体験したジャックは、もはや無邪気に夢想を膨らませる境地にはありません。幼なじみのドミニック（カミーユの姉）が、あまりの節制生活を見かね、ジャックを晩餐に招いた場面は先に読みました。金持ちたちの話題についていけないジャックは、つい金儲けの夢想に走りますが、「謙虚」の徳を思いだしあわててそれを「ひねりつぶして」いました。これに続く箇所においても、あからさまな野心のみならず、〈ありえたかもしれない人生〉のささやかな夢想さえも、ジャックは大きく展開する前にかき消してしまうのです。

彼ら金持ち連中に会っていると、ジャックはすっかり心安らかでいられた。というのも、彼らのような醜い引き立て役こそ、いまやジャックにとって必要なものだったからだ。彼はすぐに、金満家たちの飽満しきった生活よりも、おだやかな、落ち着いた、ゆるやかな、目立たない、そっけない生き方を好ましいと思うようになった。たとえば彼自身、十五の歳に、学業を続けるかわりに、メリヤス製品を扱う父の工場に見習いとして入ったとする。兵役を終えたらパパの秘書になる。そしていつか家業を継いで……いかん、これもまた、みだりな上昇欲だ。むしろ、一介の銀行員となった自分の姿を思い浮かべてみる。郊外の家にはシュザンヌとミシュー〔ジャックの妻子〕がいる。土曜日から月曜日にかけては休暇だ。天気がよければ庭に出て昼食。夏には夕食を楽しむこともある。そんな底知れぬ幸せを思うと、めまいがしてくるようだ。これもまだちがう。ちがうのだ。彼は靴の修理屋ジャック・ロモーヌ。もう七十歳だ。五十年来、露店に立ちつづけている。店から動くことは決してない。パリから出ることも決してない。日曜日には昼まで働き、それからどこかのベンチに腰かけて、とくに考えるでもなく時の移りゆくのを眺める。

結婚はしていない。親類も友人もいない。食事は自分で作る。食べる量はごくわずか。酒は飲まない。煙草も吸わない。女とも寝ない。彼は靴の修理屋なのだ。（一三八－一三九頁、強調は引用者）

ジャック自身は憧れの対象を「聖者」と呼んでいますが（「ああ、聖者になれたらどれほどいいだろう」）、必ずしもカトリックの聖人を指しているわけではなく、また、有徳の人士を意味しているわけでもなさそうで、社会の片隅で、つつましく、目立たず暮らす「隠者」のような存在がイメージされているようです。ですから、ありえたかもしれない人生として、秘書や工場経営者、銀行員などの夢想が芽生えても、すぐさま「みだりな上昇欲」として摘み取られてしまうわけです。〈夢想の中での夢想〉まで抱え込みとめどもなく拡がっていた小説前半部の妄想ぶりを思うと、小説後半のジャックは宿痾とも言うべき夢想癖を自ら抑え込んでいるわけで、この変貌ぶりはきわめて印象的です。

映画の端役

ジャックがこんな調子ですから、小説の後半、とりわけ第八章から最終の第十章までには、夢想の記述はほとんど現れません。けれども、だからといって、ジャックの冴えない人生やつつましい禁欲生活が、要するに現実のみが描かれるわけでもないのです。小説の後半では、夢想の膨張や他者との同一化といった、前半部におけるプロセスとは異なる仕方で、想像と現実が混じり合っていることが徐々に分かってきます。こうした事態が生じるきっかけは、ジャックが映画の端役を引き受け、再び想像の世界と関わるようになったことでした。かつてジャックが主宰していた素人劇団は、冴えない日常生活からの逃げ場であるとともに彼の野心が表出する機会でもありましたが、映画の端役出演はそのどちらでもありません。最初に端役での出演依頼があったときは、傲慢な奴だと思われるのを恐れて引き受けたのですが、ジャックの身を案じるドミニックが映画界に影響力を行使したこともあって、やがて継続的に端役の声がかかるようになります。

今回演じるのは、ハンチングをかぶって頬ひげをはやしたごろつきだ。ジャックはこの前の撮影のときに知り合った仲間たちに再会する。〔…〕ジャックとしては、端役に、たんなる端役だけにとどまろうとする者が、仲間うちに一人もいないことが驚きだ。例外はジャックだけ。彼はもちろん、ただひたすら聖者になることにこだわっているのだ。

メニルミュッシュにあるダンスホール〈シラミ〉は、ものすごく派手派手しいメーキャップをしたやくざ者だらけ。ジャックは碗から白ワインをあおっている。横っちょの情婦は短いプリーツスカートを穿いた娘で、医学生をやめてエーガゲージツの世界に来たのだという。

おさらばしたの、と彼女。糞便学にはね。一生赤ん坊のお尻に鼻先うずめてるなんて、まっぴらよ。一生便とか膿とか血膿なんかの匂い嗅いでるなんて、うんざりなの。で、あなたは何の勉強してたの？

「何も。何の勉強もしてない」

「見損なわないでよ。それじゃあなたもインテリで同業の仲間だってこと、わたしが認めてないみたいじゃない。高校は卒業したんでしょ？」

「いや」

「じゃ、何やってたのよ?」

「いろいろ痛い目に遭ったのさ。だからこうしてやくざ稼業に身を落としてる。もう堅気には戻れねえよ」

「ねえ、からかわないで」

女はわざと怒ってみせる。(一四六―一四七頁)

二段落目で唐突にダンスホール〈シラミ〉の場面に転換しています。直前では端役仲間が話題になっていますから、この〈シラミ〉のシーンをどう位置づけるべきか読者は戸惑うことでしょう。ダンスホールのやくざ者たちは「派手派手しいメーキャップ」をしているというのだから、映画の撮影現場であることは間違いなさそうですが、問題はジャックと「短いプリーツスカートを穿いた娘」の交わす会話が、待ち時間の雑談なのか、それとも、映画のワンシーンで発せられるセリフなのか、はっきりしないことなのです。会話では娘の前職である医学生時代が話題になっていますから、二人は雑談中なのだと考えたくなります。けれども、ジャックは化学技師だったこともある「インテリ」のはずなのに「何の勉強もしてない」と娘に答え、「いろいろ痛い目に遭っ」て「やくざ稼業に身を落としている」と語っている。この受け答えは両義的です。「やくざ者」が登場する映画の一場面で、ジャックも「やくざ」として語っている、つまり演技をしているとも受けとれますが、「やくざ稼業」とは俳優業のことともとれますから、端役で食いつないでいるジャックが身の上を語っているとも解せるわけです。その場合、「何の勉強もしてない」という虚偽の答えは「謙虚」の徳の実践と考えられます。「ねえ、からかわないで」という娘の反応は、素のジャックが虚偽の受け答えをしているという読みを支えてくれますが、映画のフィクションの中で「情婦」が「やくざ」に向けるセリフとしても違和感なく通用します。要するに、ここまでのところでは、二人の会話は〈待ち時間の雑談〉とも〈映画におけるセリフ〉とも受け取れるように曖昧に書かれているのです。先の引用に続く箇所をもう少し読み進んでみましょう。


「そうさ、痛い目に遭ったんだ」とジャックは続ける。「もとはといやあ俺も良家の息子、おやじときたら競馬の馬主をやってたくらいだからな。ところがだ……悪い連中とつきあって……クレルヴォーでムショ暮らし……それからフーム・タタウィヌ〔犯罪者が送られたアフリカの町〕。そこで俺は手のつけられないやくざ者になった。いつも短刀《ドス》を懐にしのばせてな。ああ、まったくだ。で、きみはどこのお嬢ちゃんだったんだ?」

　ここで突然トトール一味があらわれる。ジャックはベベール一味の人間だ。こいつはえらいことになりそうだ。つかみあいが始まるが、そこで声があがる。そうじゃない、もっと本気でやれ、ちゃんとやらんとギャラは出さんぞ。最初っからやりなおしだ。

「ほんとやくざな商売よね」元女子医学生が言う。

「まったくだな」ジャックはため息まじりに言う。「いつも警察に追われる身でさ。俺なんて、川のほとりの小さな家で静かな生活を送るのだけが夢なのにな。で、川の土手にちっちゃな折り畳み椅子置いてさ、そいつに腰かけて魚でも釣るんだ」
「ほんとあなたには笑っちゃうわ」と、彼女は大まじめな顔で彼に言う。（一四七―一四八頁）

ジャックが続ける身の上話はどう見ても真実ではありませんが、では「やくざ」役としてのセリフなのかと言うと、そうも短絡できません。空想癖のあるジャックはこれまでも妄想を現実生活で口に出して語っており、たとえば、とある女性に対しては架空の系図に基づいて次のような自己紹介をしています。「父の職業をお尋ねですか？　工場を経営してます。母のほうはド・ラ・ヴィル・ド・サン＝セゼール家の出です。リヨン大司教とゴール首座司教のド・ラ・ヴィル・ド・サン＝セゼール猊下は僕の伯父にあたります。有名な詩人でもあるルイ＝フィリップ・デ・シガール公も僕の伯父です。うちはノワイユ家とブロワイユ家と縁戚関係にあるんです」（八九頁）。というわけで、やはりジャックと女学生の会話は雑談なのかセリフなのか決定できません。けれども、第二段落における敵対グループの襲撃については演技であることが監督の介入によって明示されています。ただ、この箇所が決定的に示しているのは、ダンスホール〈シラミ〉が映画の撮影現場となっていることだけであり、襲撃場面以前の会話が雑談である可能性を排除するものではありません。端役の役者二人が雑談しながら出番を待っていると、襲撃場面の撮影が始まった、と解釈することも可能です。もちろんその逆に、「やくざ稼業に身を落とし」たジャックの身の上話を演技の一部とみなすことも依然可能でしょう。

続いて娘が発する言葉、「ほんとやくざな商売よね」はどう考えるべきでしょうか（原文は「なんて商売かしら」で、やはり両義的です）。わざわざ「元女子医学生が言う」というふうに役者の属性に言及されていることから、監督の指示によって同じ場面を何度もやり直さなければいけない俳優業のことを、「やくざな商売」と嘆いているとるのが良さそうです。しかし、それを受けて発せられるジャックの言葉、「いつも警察に追われる身でさ」は、俳優業ではなく暗黒街での渡世を指しており、どうにもちぐはぐなのです。ちぐはぐと言えば、やくざ者の野望にも俳優の野心にも似合わない「静かな生活」を夢みるジャックに対し、娘は「ほんとあなたには笑っちゃうわ」と、相手の発言の信憑性を疑うような反応を示しますが、彼女の言葉は「大まじめな顔」で言われており、ジャックの発言内容も、それを受けての娘の反応も、本当なのか嘘なのか、割り切れないものとなっています。この後、監督に「もっと本気でやれ」と指示され撮り直されたケンカの場面で、ジャックが相手役を本当に殴り倒してしまうと、監督は「よおしっ、上出来だ」と叫びこのテイクを採用します。倒された連中による抗議、「本物のパンチくらうためにここにいるんじゃねえぞ。こりゃもう演技じゃねえや」（二四八頁）が端的に示しているように、このダンスホールの場面は、「本物」とも「演技」とも決めかねる、両者が混じり合った世界なのです。

ドキュメンタリー映画の撮影

「演技」を「本物」と取り違えるほどですから、優れた俳優にはとても見えないジャックですが、折しもトーキー黎明期にあたっていたため、声の良さを評価され映画界で重宝されるようになります。いっときは離れていた芸能の世界へと回帰するにつれ、聖者を目指しての節制も緩んできます。「彼は少しずつ、一週間分を炊いておく米や殺菌した水をやめて、肉を使った料理や味のある飲物を摂るようになった。これにはまた、彼の演技の才能がだんだんと評価されるようになってきたことも絡んでいた。彼は頻繁に端役を演じ、いくぶんか金を稼いでもいたのだ」（一五五頁）。ところが、映画界での仕事がようやく軌道に乗ったと思いきや、とある映画のボクシング場面の撮影中に、ジャックはまたしても想像を現実と取り違え失敗をやらかしてしまうのです。「このへっぽこ野郎がこんなにあっさりぼくから世界チャンピオンのタイトルを奪うとは、まったく不公平で不愉快きわまりないじゃないか。だからジャックは、勝手にタイトルを防衛することに決め、第二ラウンドでシナリオどおり左フックを顎に受けるかわりに、相手をマットに沈めてしまった」（一五七頁）。こうして、ふたたび路頭に迷うことになったジャックは、第八章の末尾で、理由も目的も明かさず、作者クノーの故郷でもある港町、ル・アーヴルへ向けてひとり旅立つのでした。

例のごとく大胆な省略が施されているため詳しい経緯は分かりませんが、第九章に入ると、ジャックはなぜか南米の町サン・クレブラ・デル・ポルコに半年間滞在し、ボルヘイロ族に関するドキュメンタリー映画を撮っています。ジャックは映画関係の仕事を続けてはいるものの、もはや想像世界に没入する役者ではなくなり、監督として批評的距離をとりつつ現実を撮影している。もっとも、ジャックが撮影しようとしている「ドキュメンタリー映画」は現実そのものではないことにも注意すべきでしょう。「ドキュメンタリーは嘘をつく[13]」という一般論はもちろんのこと、ジャック少年の映画鑑賞場面ではフィクション映画の前に必ず「記録映画」が上映されるという、この小説でのお約束を考慮しても、ドキュメンタリー映画とは、フィクションと現実の中間に位置するジャンルと考えうるからです。そして、実際、ジャックが撮影しつつある「ボルヘイロ族についてのドキュメンタリー」

にも、どうやら〈やらせ〉のような虚偽が紛れ込んでいるらしい。ジャックが現地の領事スタール氏とレストランで食事をともにしていると、ひとしきり会話が弾んだ後、余興の時間が始まりフロアの中央に老紳士が登場します。

音楽が人びとに静粛を指示した。老紳士は柳細工の籠を開け、中から大きなオマール海老を取り出した。海老は何本もの不器用な足で、ワックスのかかったテーブルを苦しげに叩いている。楽団がふたたびメロディを奏ではじめると、またもや新たな人物が登場した。ボルヘイロ族の男が一人出てきたのだ。どういうわけかセーラー服を着ているが、それを別にすれば、どう見てもインディアンである。こけおどしのように何度か左右に跳ねたあと、ボルヘイロのインディアンはオマール海老に跳びかかり、手で器用につかんで尻尾の先をちぎると、おそろしく鋭い歯で嚙み砕いた。そして、あらためて海老をつかまえると、今度はハサミの片方を食べた。犠牲になった海老は、何本もの不器用な足でワックスのかかったテーブルを苦しげに叩きつづけている。〔…〕ボルヘイロ族の男ががむしゃらに食べつづけたので、海老はもはや頭部しか残っていない。動けなくなった頭が、すでに先っぽを齧られてしまった触角をテーブルのうえで振りまわしている。（一七五―一七六頁）

何度も繰り返される「インディアンのなかでも特に野蛮なボルヘイロ族」（一七〇頁）という枕詞は現地の白人による偏見を端的に示しており、客たちが抱く型どおりの期待に応えるべく、大きなオマール海老を生きたまま食べるというパフォーマンスが行われているわけです。しかし、そもそもこの手の余興に従順に出演していることからして、この「ボルヘイロ族の男」はまったく「野蛮」ではないし、衣装にせよ身ごなしにせよ、いかにも嘘くさい。それもそのはずで、すぐ後で判明するように、この男は「ベルリッツ・スクールの先生となんら変わらぬ巧みなフランス語を話す」（一七九頁）というのです。偽りの野蛮を演じさせるこの余興は、ジャックが撮影しようとしているドキュメンタリー映画の真正性をも疑わせかねません。ジャックの映画も同様に現実と虚偽が巧みに織りあわされたものとなるのではないでしょうか。

再び、虚実の曖昧化

そもそも、港町ル・アーヴルから唐突に場面転換されるサン・クレブラ・デル・ポルコ San Culebra del Porco なる場所からして現実に属しているのかどうか疑わしい。スペイン語（culebra〔蛇〕）とイタリア語（porco〔豚〕）が混じった怪しげな地名は、フランス語においても cul〔尻〕や porc〔豚〕を連想させ卑猥さや下劣さを印象づけています。とはいえ、もともと架空世界の話なのですから、固有名のいかがわしさはいま問題にしている現実性とは関係ありません。ここで検討してみたいのは、サン・クレブラ・デル・ポルコなる町はジャックの空想の産物ではないのか、という可能性です。第九章の冒頭を読んでみましょう。

丘の上まで来ると、彼らの眼下にサン・クレブラ・デル・ポルコが見えた。海ぞいに長く延びた町で、港には小型の外洋船が二隻停泊している。ここからは、海岸通りを行き来する雑踏も見えた。丘をくだる前に休息をとることにした。ガイドたちは鍔《つば》の広い帽子をかぶったまま腰をおろし、黙りこんだ。ジャックとリュビアザン〔共同監督〕は馬から降り、煙草を吸った。彼らはサン・クレブラ・デル・ポルコでの予定を少ししゃべった。

それから吸殻を遠くに放り投げると、かったるそうに機材を護送するガイドたちを後ろにしたがえて出発した。馬は時おり、大きく傾斜する道に脚をすべらせた。高く昇った太陽がぱんぱんに膨らんだまま燃えさかっていた。あたりに舞う埃がしだいに濃くなった。

（一六六頁、強調は引用者）

バスティンが指摘しているように、サン・クレブラ・デル・ポルコのこの遠景描写は、ジャックが子供時代に観ていた西部劇を思わせます[14]。しかも、この描写は章の変わり目に位置しているだけに、物語の世界＝〈現実〉そのものの描写なのか、映画＝物語内での〈想像〉なのか、すぐには判断できません。さらに、少年時代のように、ジャックが映画の中に入りこんでいる可能性を示唆するディテールがあちこちに散りばめられているのです。たとえば、ジャックの協力者であるリュビアザンも領事館の事務員もなぜか英語を話し、西部劇の雰囲気を醸しだしている。リュビアザンの芝居くささは彼が癲癇の発作で倒れる場面にも現れています。

リュビアザンは口を開けたまま床に倒れ、泡を吹いていた。足をばたつかせ、身をよじり、うめき声をあげている。泡がものすごい。まるで石鹸を、マルセイユの高級石鹸を食べたみたいだ。

（一六九頁）

泡を効果的に見せるためのトリックが使われていることを示唆するかのような記述です。西部劇を思わせる背景で、「わざと英語を使って」話すリュビアザンは、トリックによって発作を演じているのかもしれない。そのうえ、先のオマール海老の余興場面で暗示されていたように、〈ニセ野蛮人〉を雇って演技させているのだとしたら……。けれども、少年時代の映画鑑賞場面とは異なり、『ルイユ』の終盤では、現実と虚構のあいだの往来が明示的に示されることはありません。サン・クレブラ・デル・ポルコのエピソードは、映画の一場面である可能性を匂わせつつも、あくまで現実の圏域に踏みとどまっています。先に、この小説の終盤では想像と現実が混じり合っている、あるいは、想像と現実が並置されていると述べたのは、このような意味においてなのです。

さらに、サン・クレブラ・デル・ポルコの場面は、映画のシーンと混同させる傾向をもつだけではなく、これ自体がジャックの妄想である可能性すら匂わせています。リュビアザンの発作に続く箇所を読んでみましょう。

夕方になってもリュビアザンは完全に延びていて、外出する気にはなれないようだった。ジャックはスタール〔領事〕に誘われ、地元の上等なレストランに夕食に出かけた。〈オ・ロワ・ド・フランス〉という名のレストランで、たまたまこの地を訪れたさる貴族の私生児が一六九二

年に創業した店だった。（二六九頁）

少年時代のジャックは典型的なファミリー・ロマンスに取り憑かれていて、詩人デ・シガールこそ自分の父親であり、しかも、この詩人は高貴な血を引いており……といった妄想にふけっていました。ですから、ジャックの妄想の構成要素が紛れ込むことによって、サン・クレブラ・デル・ポルコという土地そのものが、映画どころか、ジャックの妄想の産物である可能性が示唆されているのです。そのように考えるなら、一時期「聖者」を志し現実の地平に張りつこうとしていたジャックが、終盤において、映画にせよ妄想にせよ、想像の領域に回帰してきたと見ることもできそうです。想像を象徴するシラミも、第七～八章においては控えめな言及がなされるのみで、登場人物たちによる賑やかなおしゃべりの対象にはなっていませんでしたが、第九章における想像の回帰と連動するかのようにグロテスクな変貌を遂げてテクストに戻ってくるのです。というのも、ニセ野蛮人に生きたまま食べられる「オマール海老」は、形態上の類似もあって、人間たちに「ぶちゅっ」とつぶされていたシラミを喚起しないでしょうか。「不器用な足でワックスのかかったテーブルを苦しげに叩きつづけ」る様子は、発作に苦しむデ・シガールが擬えられていた〈水から揚げられた魚〉のイメージにも結びつきます。すでに見たように、この小説においてシラミは〈想像〉とともに〈人間の惨めさ〉をも喚起する記号でした。ジャックの妄想が後景に退く第七～八章においても、人間の惨めさの究極である〈死〉と結びつくかたちで、シラミはささやかな出現を果たしています。映画撮影を通じて親しくなった元医学生の女優との四方山話において、話題が解剖実習におよんだ際、ジャックは唐突に「シラミの解剖」をしたことがあるかと尋ねるのです。シラミの解剖など実際に行われているはずはありませんが、シラミと解剖というあり得ない結びつきが、現実的な参照対象を超えて、別の意味作用を開始します。さも当然のように「もちろんよ」と答える女優に対して、ジャックは解剖される自分の姿を思い浮かべることがあると応じ、さらには自分が死ぬ様子を毎晩想像していると告白します。

「それから、毎晩寝るときにはいつも自分が死ぬのを考えるんだよ。ベッドに入って体を伸ばすとシーツを顔まで引き上げるんだ。それが屍衣なんだな。そんでいっちょあがり、ぼくは死んでるってわけ。腐って匂いが出てきて、蛆《うじ》がぼくの体をむしばみはじめる。ぼくは腐敗して、液状になって、消滅していく。残ってるのはもう骸骨だけなんだけど、それから骨も崩れて、最後には粉になった自分が散っていくんだ。毎晩のことさ」(一五〇頁)

「聖者」に憧れ謙虚に振る舞おうとする小説後半のジャックは、野心を野放図に膨らませないよう、妄想を抑圧するようになっていますが、それでもメメント・モリの実践たるこの種の想像には身を委ねており、その際には相変わらずシラミの想起が引き金として作用していることが分かります。しかも、ここでのシラミは〈死〉を導くきっかけとして言及されているだけでなく、同じく人体から栄養を摂取する「蛆」に姿を変えて、屍体をむしばむ具体的なイメージをも浮かび上がらせているのです。そして、第八章のこの段階では、〈想像〉と〈死〉をともに担っているシラミのイメージは、小説の最終盤、第九章と第十章になると「オマール海老」や「蛆」へと変貌して、主に〈死〉の象徴を担いつつ現れてきます。第九章におけるシラミの「オマール海老」への変貌についてはすでに確認したので、次に第十章でのシラミの変身を見てみましょう。第九章の舞台がフランスから遠くはなれたサン・クレブラ・デル・ポルコだったのに対して、第十章は第一章と同じくパリ郊外のルイユへと回帰し、デ・シガール夫人の葬儀の場面から始まっています。愛する妻の死に、詩人デ・シガールの嘆きは止まりません。

「気が滅入って仕方がない。今はとてもじゃないが詩を書こうなんて気になれません。ああ、くそっ、あの女が死骸になって腐っちまうのかと思うと、胸が掻きむしられるようだ。しかも誰だって同じようになるのかと思うと、ああ、くそっ、くそっ、くそっ」
〔…〕
「まったく」デ・シガールは声を張りあげた。「まったく、墓場の蛆虫どもめときたら、もうあの女をむさぼり食ってる最中なんだ！」（一八三―一八四頁）

もはや引き金としてのシラミには言及されていませんが、この場面での「蛆虫」が、「人生のつらさ」を象徴するシラミの変化形であることは明らかでしょう。『ルイユから遠くはなれて』の終盤では、映画と現実の混淆というかたちで想像の領域が回帰するにつれて、死の色が濃くなってゆくのです。このことが持つ意味については後でもう少し考えてみることにしますが、レーモン・クノーのことですから、ひたすら陰気に深刻になっていくわけではもちろんありません。ここでも、デ・シガール夫人は女の愛人をつくって出奔していて「もう何年も前から〔彼の〕奥さんじゃなくなっていた」という設定のため、情けなさや滑稽さといった感情がない交ぜになっていることを無視すべきではないでしょう。

また、デ・シガール夫人の浮気相手が男であれ女であれ、詩人が〈女の不実〉に苦しんでいたことは確かであり、そのことは第一章でさっそく話題にされた後、小説の中盤において再び大きく扱われ、最終章の葬儀場面でも言及されることになり、いわば『ルイユ』の通奏低音のように響いています。詩人の他にも「女のせい」で司祭を止めた男や、「たった一人の女のせいで」とヴェルレーヌばりの言葉で流謫の身をかこつスタール領事など、女性の不実に苦しむ人物が登場するのですが、彼らの嘆きや境遇が他でもないジャック・ロモーヌのものでもあることは言うまでもありません。彼は妻シュザンヌに浮気され、幼なじみの姉妹ドミニックとカミーユにもひどい仕打ちを受けています。妹カミーユは、旅回りの歌手ロジャーナ・ポンテスとしてジャックと再会し親密な仲になるのですが、彼が家庭を捨てて自分と一緒になろうとするや「邪険に別れを告げ」ています。上流夫人となった姉のドミニックはというと、「聖者」に憧れ貧窮生活を送るジャックを支援し彼から偶像視されるのですが、偶然再会した幼なじみの友人リュカによって、「簡単に寝る女」だと暴露されるのでした。ジャックはドミニックが「身持ちの堅い女」だと信じ切っていただけにこの暴露がもたらした衝撃は大きかったはずで、この件がサン・クレブラ・デル・ポルコへの出立を決心させたようなのです。『ルイユから遠くはなれて』という小説が見かけの滑稽さにもかかわらず随所でほろ苦さを感じさせるのは、ジャックが絶えず女性の不実に翻弄されているせいでもあるのでしょう。

第一章で詩人デ・シガールが発作を起こし人間の惨めさや人生のつらさが強く印象づけられた後、小説全体を通じていくつもの小さなエピソードがこの印象を上塗りしてゆきます。惨めな人間の一人として、御多分に漏れずジャック・ロモーヌも思うにまかせぬ冴えない人生を送ることになります。少年期から青年期にかけてのジャックは、夢想や他者との同一化を通じて人生から逃避し、想像によって死や絶望を否定していたのかもしれません。ジャン＝ピエール・ロングルが言うように、ジャックが弄する虚実の曖昧化は、人生を生きぬくための知恵でもあったのでしょう[15]。

ジャックの知恵

第一章で述べたように、哲学者アレクサンドル・コジェーヴは、『わが友ピエロ』、『ルイユから遠くはなれて』、『人生の日曜日』の三作を「知恵の小説」として一括りにして論じています。〈知恵〉とは「自分のことを十分に知りつつ完全に満ち足りている状態」のことであり、この境地に達した人間が〈賢者〉である、とヘーゲルを参照しつつコジェーヴは述べています。この定義に鑑みてコジェーヴが〈賢者〉とみなすのは、『ルイユ』以外の二作についてはそれぞれ主人公のピエロとヴァランタン・ブリュなのですが、『ルイユ』については主人公のジャックではなく詩人デ・シガールが挙げられています。「不遇の詩人」という自らの境遇を完全に意識したうえでそれに満足しているかららというのですが、果たしてそうでしょうか。デ・シガールは詩集の自費出版詐欺に引っかかっているほどで、「不遇の詩人」の立場に満足しているとはとうてい思えません。むしろ、訳者の三ツ堀広一郎が言うように、ジャックにこそヘーゲル＝コジェーヴ的知恵との関わりを認めるべきでしょう。

小説の後半で聖者に憧れるジャックは、「白痴の境地」に達することを目標に定めるのですが、つまるところこの境地は〈欲求をもたない〉状態を指しているようなのです。その意味で、ジャックの抱く理想は、完全なる満足である知恵の段階に近いと言えます。

しかしながら、『ルイユから遠くはなれて』に限らず「知恵の小説」のいずれも、ヘーゲルの思想を小説によって敷衍しているわけではなく、コジェーヴの講義がその着想に何らかの影響を及ぼした可能性はあるにせよ、哲学によって小説のすべてが説明できるわけではありません。もし『ルイユ』がヘーゲル＝コジェーヴ的知恵の例証であるのなら、どうしてジャックはそうした知恵を体現した「聖者」を目指し続けることなく、なしくずしに映画界に戻ってくるのでしょうか。ロングルが述べているように、この小説が描いているのは社会的上昇でも虚無への消滅でもなく何らかの知恵への接近なのだとしても、(16) そこで目指されている知恵はコジェーヴの言うものとは異なるように思えてなりません。

聖者の理想を放棄し端役として映画界に戻ったジャックは、ドキュメンタリー映画監督などを経て（第九章）、最終の第十章ではジェームズ・チャリティ（ジャック・ロモーヌの英語訳！）と名を変え、ハリウッドで映画スターにまで登りつめることになります。ジャックの息子ミシューが詩人デ・シガールと連れだって鑑賞する最新主演作『夢想家肌』は、小説そのものを入れ子的に凝縮するかのように、ジャックの人生をたどり直す内容となっています。それでは、ジャックがたどり着いた最終地点、映画スターこそが知恵を体現する賢者の境地なのかと言えば、とてもそうは思えません。ダニエル・デルブレイユも述べているように、成り上がり映画俳優の紋切り型表象の中に、「自分のことを十分に知りつつ完全に満ち足りている状態」を見出すことは出来ないからです。[17] 豪邸で暮らしつつ軽薄かつ気障《きざ》な口調でインタビューに答えるジャックは、肥大する欲望を満たしうる限りにおいてかりそめの「満足」を得ているのでしょうが、「自分のことを十分に知っている」ようにはまったく見えません。「ぼくの映画デビューは、オー、マイガーッ！　グレートマジックにマジで惨めだったよ。しがない端役になるしかなかったのさ。いつか今みたいなグレートな俳優になるってことは、そんときもう、わかっちゃいたけどね」（二〇六頁）。

一方、聖者を目指していた頃のジャックの願い、「まったくの無一物」になりたいという願望は、ある意味でかなえられているとも言えます。[18] 映画スターとしてのジェームズ・チャリティは、紋切り型に表象され現実味を欠くうえ、インタビュー記事や映画フィルムを介してしか小説内に現れません。家族ですら映画スターの正体をジャックと見抜けないほどで、実質的には消え去ってしまっているのです。

それでは、ジャックの理想の境地はフィルムの中に消え去ることで実現されたと考えるべきなのでしょうか。映画の中に消え去ること、つまり現実からの遊離と想像世界への没入が、「まったくの無一物」になりたいというジャックの願望に通じるものであったにしても、それが最終目標であったのなら、そもそも、どうしてジャックは聖者の修行を放棄して映画の世界に戻ってきたのでしょうか。映画の世界に消え去るのではなく、本物の聖者として浮き世から姿を消すべきではなかったのか。

おそらく、映画がもたらす知恵の内実は、映画スターとなったジャックの実存や、ジャックを消し去り吸収してしまったフィルムが体現しているわけではないのでしょう。映画に憧れ、映画を夢み、映画に慰められながら、映画とともに暮らす庶民の生き方がすでに知恵の一端を開示していたのです。

その意味で、小説の最終盤でジャックの息子ミシューが詩人デ・シガールとともに映画館に行き、まさにジェームズ＝ジャックの映画『夢想家肌』を観ているという事実は示唆的です。庶民の知恵が目指しているのは、大事をなし遂げ「消え去る」スーパースターを生み出すことではなく、自らのささやかな存在様式を子々孫々に安定して伝えていくことにあるはずだからです。おそらく、ミシューはジャックのように夢見がちに育ち、映画に夢中になり、芝居にうつつを抜かすことになるでしょう。円環を閉じるようにして小説の末尾が示唆しているのは、ジャックの生き方が反復されることなのです。では、ジャックの生き方とはいかなるものだったか。それは、小説を通じて見られたごとく、現実と想像を混ぜ合わせ区別なく生きることでした。マイヤールが述べているように、ジャックという登場人物が体現しているのは、人生とは行為のみからなるのではなく、行為と夢想の総体こそが人生なのだという考え方なのでしょう。[19]我々の人生など、どう頑張ったところでたかがしれたもの。でも、世知辛い現実という条件に閉じこめられていても、夢想に限界はないはずです。「実際に何をしたか」だけではなく「何を夢みたか」も人生なのだという考え方は、ままならない日々を生きる私たちを勇気づけてくれるのではないでしょうか。

註

（1） Hela Ouardi, « La Crise d'ontalgie comme pantomine de la mort dans *Loin de Rueil* de Raymond Queneau », *Formules*, n° 8,

2003, p.78.

（2）堀江敏幸『郊外へ』白水社、一九九五年。およびブレーズ・サンドラール、昼間賢訳『パリ南西東北』月曜社、二〇一一年など。

（3）Marie-Claude Cherqui, « *La Ramon Curnough Company* présente : une séance au Rueil Palace », *Les Amis de Valentin Brû*, nº 48 / 49, décembre 2007, p.58.

（4）三島由紀夫『文章読本』中公文庫、一九九六年、一三四頁。

（5）長谷川一『ディズニーランド化する社会で希望はいかに語りうるか　テクノロジーと身体の遊戯』慶應義塾大学出版会、二〇一四年、二一八頁。

（6）Marie-Claude Cherqui, *Queneau et le cinéma*, Jean-Michel Place, 2016, p.21.

（7）加藤幹郎『映画館と観客の文化史』中公新書、二〇〇六年、七八頁。

（8）ロジェ・グルニエ、塩瀬宏訳『シネロマン』白水社、二〇〇一年、一八八頁。

（9）Anne Clancier, « *Loin de Rueil* et le roman familial », in *Raymond Queneau et la psychanalyse*, Édition du Limon, 1994, p.77.

（10）Barbara Servant, « *Loin de Rueil*, «Exercice de style » sur les parasites : jeu et enjeux », Vanda Miksic et Évaine Le Calvé Ivicevic (éd.), *Entre jeu et contrainte : pratiques et expériences oulipiennes*, Actes du colloque international « Écriture formelle, contrainte, ludique : l'Oulipo et au-delà » (29-31 octobre 2015, Université de Zadar), Meandarmedia, 2016, p.72.

（11）小西正泰『虫の文化誌』朝日選書、一九九二年、一二二頁。

（12）ロートレアモン『マルドロールの歌』「第二の歌第九ストロフ」はシラミの頌歌として知られているが、クノーがこれを意識していたことは間違いない。『ルイユ』第八章では、ロートレアモンの一節「象は撫でてもじっとしているが、シラミはちがう」が諺として扱われている（一六二頁）。ちなみに、このストロフにおけるシラミは、〈言葉の増殖性〉、〈憎悪〉、〈抑圧された欲望〉などの象徴的価値を担っていると考えられる。

（13）森達也『ドキュメンタリーは嘘をつく』草思社、二〇〇五年。

（14）Nia Bastin, « Where in the World ? *Loin de Rueil* », *Queneau's Fictional Worlds*, Peter Lang, 2002, p.230.

（15）Jean-Pierre Longre, *Loin de Rueil de Raymond Queneau*, Bertrand-Lacoste (Parcours de lecture), 1991, p.43.

(16) *Ibid.*

(17) Daniel Delbreil, « Notice » de *Loin de Rueil*, dans Raymond Queneau, *Romans II*, Gallimard (Bibliothèque de la Pléiade), 2006, p.1603.

(18) Mathieu Bélisle, « L'aventure vécue comme possibilité : l'exemple de *Loin de Rueil* de Queneau », *Etudes littéraires*, vol. 44 n° 1, hiver 2013, p.115.

(19) Olivier Maillart, « Les vies rêvées d'un pou : Sur *Loin de Rueil* de Raymond Queneau », *L'Atelier du roman*, n° 43, 2005, p.161.

第3章

千里眼と戦争　『人生の日曜日』——ヴァランタンの場合

日曜日としての人生

『わが友ピエロ』と『ルイュから遠くはなれて』の主要舞台、遊園地と映画館という非日常の祝祭的空間は、不安な時代を生きる庶民にとって貴重な気晴らしの場となっていました。一方、「知恵の小説」三部作の掉尾を飾る『人生の日曜日』(一九五二)には、同じ時代が舞台となっていながら、前二作のような特権的場所は見当たりません。印象的なタイトルにもかかわらず、本作が描いているのは日曜日の娯楽ではなく平日の商売なのです。とはいえ、『わが友ピエロ』の遊園地が娯楽のみならず労働の場でもあったように、クノー的世界においては、平日の労働と休日の気晴らしは截然と区別できず、誰もがだらだらと遊ぶように働いていると言えそうです。『人生の日曜日』における商店でも、主人公ヴァランタン・ブリュは、本当に売る気があるのか、儲けるつもりがあるのか疑わしくなるような態度をしばしばみせています。手芸品店を訪れた婦人客に対し、ヴァランタンは売り物のきれいなボタンを見せびらかしたあげく、「こいつらは売りたくないんです」と言い放つのですが、その理由がふるっています。「ぜひとも自分のコレクション用にとっておきたいので。ぼくはボタンの収集をやろうと思ってるんですよ」(九八頁)。つまり、仕事と趣味を完全に混同しているわけです。こうした傾向を考慮するなら、「人生の日曜日」という標題の意味も、人生における例外的な祝祭の時間ではなく、むしろ「人生という日曜日」あるいは「日曜日としての人生」ととらえたほうがしっくりくるのではないでしょうか。古今亭志ん朝の名文句を借りるなら、「世の中ついでに生きている」といった風情の登場人物はクノーの作品世界に珍しくありません。クノーの登場人物たちは、金銭、他者の支配、優越感、労働などが幸福をもたらすわけではないと分かっていて、そうしたもろもろの抑圧から解放されているからこそ比類ない軽さを獲得しているのだ、そうアンリ・ゴダールは論じています(1)。わがヴァランタン・ブリュは、結婚、就職、出征といった人生の大転機において、うかつとしか思えない振る舞いを見せつつ、飄々と流されるように生きており、まさにゴダールの言う軽さを典型的に体現する登場人物なのです。本作が掲げるエピグラフ(ヘーゲル『美学』)には、彼らクノー的登場人物たちの幸福な資質が見事に示されており、小説のタイトルもここから取られています。

「……人生の日曜日こそが、すべてを平等にし、すべての悪しきものを遠ざけるのだ。これほど上機嫌になれる人間たちが根っからの悪人だったり下劣な人間だったりするはずがない」。田舎町に向かう車中から何が見えても「いかにも好ましく」思えて「喜びにふける」ピエロにも似て、ヴァランタンは旅先で預けていた荷物を無事回収でき、がら空きの客車で眠れたというだけで驚いたり面白がったりし、食堂の定食メニューが美味そうだと思うや「激しい歓びの念が胸にこみ上げる」というのですから、いとも簡単に幸福になれる資質に恵まれており、間違いなく「人生の日曜日」に生きる上機嫌で善良な庶民のひとりと言えるでしょう。

もっとも、しがらみから解き放たれた上機嫌な人物は、クノーの小説において珍しい存在ではありません。その中でも『人生の日曜日』を特異な作品にしているのは、描かれている舞台および小説の執筆時期という二重の意味で深刻な時代状況と、登場人物たちの性格やプロットの〈軽さ〉や〈とりとめのなさ〉との乖離です。この小説に描かれているのは、一九三六年から四〇年まで、つまり第二次大戦前夜からフランスの一時敗退までなのですが、ほぼ同時代を背景とする『わが友ピエロ』や『ルイユから遠くはなれて』とは異なり、この小説においては、人民戦線政府、ズデーデン問題、ミュンヘン会談など、標識となる出来事への言及が頻繁になされているため、のんきなプロットの背後に破局的な状況が控えていることを否応なく意識させられます。一方、小説の執筆時期である一九四九年から五一年には、ベルリン封鎖、NATO創設、ソ連による核実験などによって東西冷戦が深刻化したこともあり、政治参加の文学が主流となっていました。そんな時代にクノーがあえて描いたのは、不穏な大戦前夜を「ついでに」生きているかのような、上機嫌な男の物語なのでした。しかしながら、そののんきな男は暗い世相から目を背けるために、あるいはそれが見えていないがために上機嫌に振る舞っているのではありません。周囲の誰もが半ばは希望を込めて破局はこないと言い募るなかで、戦争が避けがたいことを彼はひとり確信しているのです。この第3章では、見かけに反し一筋縄では捉えきれない闇を抱えた男、上機嫌に悲観する主人公ヴァランタンの変遷を追いつつ、深刻な時代を生きるいかにも軽い登場人物たちの、とりとめのない行動やおしゃべりが持つ意味について考えてみたいと思います。

再び、歴史の終わり

祝祭の場の不在に対応するように、この小説では災厄（遊園地火災）や達成（映画スターとしての成功）が描かれることはありません。強いて言うなら「第二次世界大戦の勃発」が〈事件〉にあたるのでしょうが、すでに述べたとおり、この出来事は物語の背後にしりぞいていて前景化することはないのです。小説の梗概はいたってシンプルで、兵士ヴァランタン・ブリュが、年上の中年女ジュリア（ジュリーとも呼ばれる）と結婚し、いくつかの生業（手芸品店、額縁屋、占い師）を経た後、戦争の勃発とともに出征するものの、戦闘を経験することもなく除隊する、というもの。物語の要となるのは、〈サフィール女史〉の名で妻ジュリアが、ついでヴァランタンが行う占い師としての活動であり、この過程で感じる妻への疑念、客とのやりとり、戦争の予感などが、ヴァランタンの変容をもたらすのです。もっとも、こういう物語のあらすじを知ることにほとんど意味はありません。この小説を翻訳した芳川泰久が指摘するとおり、『人生の日曜日』の魅力は脈絡のない展開やとりとめのない会話にこそあるのですから。出来事の因果関係はもとより、登場人物の動機もよく分からないまま、意想外の突飛な振る舞いが連鎖していくのです。たとえば、小説の冒頭、兵役を終えようとしているヴァランタン・ブリュは、部隊本部までの通い路で、自分よりはるかに年上の女性ジュリアに見初められ、押し切られるように結婚してしまう。除隊後の当てがなかったヴァランタンにとって、手芸品店という彼女の資産は魅力的に見えたでしょうが、どうもそうした打算による結婚でもなさそうです。ヴァランタンは女の側からの積極的なアプローチに戸惑い（「それでもふつう、最初の一歩を踏みだすのはきまって男のほうなんだけどな」三七頁）、警戒すらしています（「ひょっとしてみっともないくらいブスかもしれない」三八頁）。ジュリアの妹シャンタルとその夫のポールは、いずれ自分たちの娘に遺贈されるはずの手芸品店を横取りされる恐れから、常識外れのこの結婚に反対しており、小説第四章の末尾では、思いあまったポールが部隊本部のヴァランタンを訪ね、ジュリアと結婚しないでくれと泣いて懇願する始末です。『人生の日曜日』は全二十一章からなる小説ですから、結婚して欲しい、どうしようか、やめてほしい、といったゴタゴタが、冒頭で全体の約五分の一を費やして描かれているわけです。にもかかわらず、続く第五章の冒頭では、「それでも事はすんなり運んだ。三か月後に二人は、つまり元二等兵ブリュと手芸品店の女主人は結婚した」（六一頁）と言い放たれるのですから、読者はあっけにとられるほかありません。ヴァランタンが大年増との結婚をどのように納得したのか、親族の反対をどう乗り切ったのか、本来、小説にとっては美味しいはずの題材をきれいにすっ飛ばし、「さあ、次！」とばかりに二人の新生活へと物語は進んで行きます。なんの重要性があるのかよく分からない会話が長々と続く一方で、結婚や死など重要なライフイベントが章と章のあいだに沈められるという現象は、この小説独特の価値観をよく示していると言えるでしょう。ジュリアの母ナネットも、第八章の末尾でヴァランタンから「そうじゃない、ナネット？」と同意を求められているにもかかわらず、続く第九章の冒頭では期待される返事が提示されないまま、すでに亡くなっているのです（「帽子の顎紐《あごひも》を結んでやると、ナネットの死に顔もきれいに見えた」一〇六頁）。

結婚に至る困難の代わりに何が描かれるのかというと、結婚すれば「不可欠なこと」とされる新婚旅行です。しかし、これとてまともな儀式となるはずもなく、かき入れ時に店は閉められないという妻の言い分をあっさり聞き入れ、ヴァランタンは単身でブリュージュへの「新婚旅行」に旅立つのです。望んだ結婚がせっかくかなったのに新婚旅行には行かないと言い出すジュリアの心境も不可解ですが、「すごい焼きもち焼き」のくせに、夫をひとり送り出す不用心もまた釈然としません。この小説では一事が万事この調子なのですが、訳者はこうした〈とりとめのなさ〉あるいは〈脈絡のなさ〉を、ヘーゲル＝コジェーヴによる〈歴史の終わり〉の概念によって説明しています。「「歴史の終わり」と言う以上、そこには「事後」がないことになる。〔…〕「事後」を想定するかぎり、まだ歴史は終わっていない。歴史が完成したら、もう「事後」はいらない。その「事後」のなさが、『人生の日曜日』の〈とりとめのなさ〉に繋がっているのではないか。〈とりとめのなさ〉と言って抽象的に過ぎるなら、物語論的に、予想外の展開をもたらすもの、と言い換えてもよい」（訳者あとがき）。もちろん、訳者は『人生の日曜日』という小説において、〈歴史の終わり〉の実現した世界が描かれていると述べているわけではありません。〈歴史の終わり〉という概念が小説の論理構造にもたらしうるパターンを、この小説が体現しているように見える、と主張しているのです。すでに述べたように、クノーは一九三〇年代にコジェーヴによる『精神現象学』講義に出席しており、『人生の日曜日』では「イエナの戦い」への暗示や言及が繰り返されています。この戦いはヘーゲルによって〈歴史の終わり〉の到来とみなされた出来事ですから、クノーがこの概念を念頭におきつつ小説を書いたとみることにも一理はありそうです。実際、コジェーヴは〈賢者〉の概念を鍵として『人生の日曜日』を解釈しているのですが、この〈賢者〉は〈歴史の終わり〉とともに出現するとされる存在です。コジェーヴの見解を敷衍しつつ、哲学者ピエール・マシュレはこう述べています。「注意深い読者ならば〔…〕ヴァランタン・ブリュがコジェーヴ的な《賢者》を体現する人物であることが分かる。コジェーヴ的な賢者は、すべてを歴史の終焉という観点から考察しつつ、すべてをその深い必然性、つまり合理的で内在的な意味にしたがって理解するのである」(2)。コジェーヴ＝マシュレは、ピエロに対してしたのと同様に、のんきで上機嫌なヴァランタンを〈賢者〉へと祭り上げるのですが、本書の第1章で確認したとおり、さまざまな〈知恵〉をそれなりに備えているピエロならまだしも、思慮深さからはほど遠くしばしば滑稽な無知をさらすヴァランタンに、賢者の資質があるとはとうてい思えません。たとえば、最近行った高級レストランの様子を伝える際の、とんちんかんなはしゃぎぶり。

言うのを忘れてたけど、このレストランはとびっきり優雅で、高級で、すかしてて、女の人たちは思いっきり肩や胸のあらわなドレスを着ていて、男の人たちは特別に宴会用の礼装で、ほら、映画に出てくるような蝶ネクタイをしていて、あれはソースをその上にこぼさないためなんだ。

（一六五頁）

蝶ネクタイをよだれ掛けと取り違えているような人間が「すべてをその深い必然性、つまり合理的で内在的な意味にしたがって理解」しているとはとても思えません。しかしながら、コジェーヴ＝マシュレが、この突拍子もなく調子外れな男に賢者の資格を見たがる理由もまたよく分かるのです。妻ジュリアや親族、友人など周囲の人々がみな戦争にはならないとたかをくくるなかで、ヴァランタン・ブリュだけが戦争は必ず起きると確信し折りに触れそう口にしているからです。つまり、ヴァランタンには〈予言者〉の風情が確かにあるわけで、それは彼が〈歴史の終わり〉に出現する賢者だからだ、というのがマシュレの主張です。「ブリュが予言者になるのは、すべてが一八〇七年のイエナで最終的に実現したし、したがって、未来は過去の反復にすぎないということを知っているからである」(3)。ヴァランタンは小説の序盤からずっと、戦争の勃発を予言するとともにイエナの戦いへの関心を口にしています。結婚を諦めるよう説得しにきた未来の義弟ポールにも、パリのタクシー運転手にも、手芸品店の婦人客にも、とにかく旅や戦場が話題になればすかさずイエナを話題にする。はじめは変人の意味不明なこだわりくらいに考えていたポールも、小説の終盤に至って義兄ヴァランタンの予言どおりに戦争が始まると、ようやくこの執拗な関心の意味に気づくのです。

「どうしてヴァランタンがイエナの戦いに興味を持ったか、ようやくいまになって分かったよ」とポールが深刻に言った。「クレマンソーのフランスはフリードリッヒ二世のプロシアの運命を受け入れたんだよ」（二五七頁）

言うまでもなく、クレマンソーは第一次大戦でフランスを勝利に導いた首相、フリードリッヒ二世はプロシアを強国化した十八世紀の啓蒙専制君主フリードリッヒ大王を指しています。要するに、大王のもとで繁栄を誇ったプロシアがイエナの戦いでナポレオンに敗れたように、第一次大戦の戦勝国たるフランスは今ヒトラーに屈しようとしている、とポールは直感したわけです。ジョン・アップダイクが看破するとおり、「イエナの戦いは、ヒトラーがもたらしたフランス敗退のイメージ、占領されたパリのイメージなのだ。〔…〕イエナはひとつのモデル、おそらくは一時的敗戦のモデルなのである」[4]。勝ったり負けたりしながら戦争は繰り返される。歴史の終着点から見ればそれは単なる反復に過ぎない、マシュレによれば賢者の悟りとはそのようなものなのでしょう。

しかしながら、どうにも釈然としないのは、第二次世界大戦のような破局が後に控えているのに、〈歴史の終わり〉とともに出現するはずの賢者がすでに現れているとの解釈です。もちろん、〈歴史の終わり〉とは戦争のような出来事がもう生じない状態をいうのではなく、人間の歴史がその目的であった自由を獲得し本質的な進展を止めてしまうという意味なのですが、第二次大戦によって（もちろんその後の展開においても）人間の自由はずいぶん損なわれたはずなのに、その直前の段階で歴史が終わっていたと言われてもちょっと納得できません。

時間をめぐる試み——過去

〈歴史の終わり〉をこの小説の論理構造とみなすにせよ、ヴァランタンを歴史の終局と不可分な賢者に見立てるにせよ、考慮されていないと思われる事実があります。それは、のんきなヴァランタンもこの小説を通じて少しずつ変化しているということです。そのことはとりもなおさず小説内でも確実に時間が経過していることを意味するわけですが、実際、『人生の日曜日』は前二作とはまったく異なり、パリ万博などの世相や世界情勢への執拗な言及によって、場面ごとの時期がかなり正確に確定できるようになっているのです。〈歴史の終わり〉どころか〈歴史〉そのものが刻まれていると言ってもいい。さらに、〈時間〉がこの小説において重要なテーマであることを示すかのように、ヴァランタンは過去・現在・未来のすべての時間相を対象として、さまざまな実験的試みに手を染めています。過去をめぐる実験として行われるのは〈こっくりさん〉の試みで、母ナネットを亡くして悲しむジュリアは、両手を乗せた円卓がたてる音の数を、一回ならA、二回ならBというぐあいに、アルファベットの文字と対応させることによって、亡き母の霊と交信しようとします。ところが、呼びかけに応答した相手は母ナネットの霊ではなさそうです。

ジュリアは他のどんな企てにも示したことのないような執拗さで、とうとうナネットの身代わりの名前を聞きだした。軽騎兵《ル・ユイサール》ブリュという名だった。

「こいつはたしかに先祖のひとりだな」とヴァランタンが言った。

「あんた、訊いてみてごらん」とジュリアは言ったが、円卓が自分の家族ではなくブリュの一族を好んで選んだのを目の当たりにして、気を悪くしていた。

「ぼくはあんたの子孫なのかな？」とヴァランタンは訊いた。

「わしの曾孫《ひまご》の息子に当たる」

「こんにちは、おじいちゃん」とヴァランタンが言った。

「こんにちは、倅《せがれ》よ」と円卓が応じた。

「あんたの先祖はアルザス訛りだね」とジュリーはささやいた。

「どの連隊の軽騎兵だったの？」とヴァランタンが訊いた。

「最初は、第九連隊だ。ランヌの軍にいたとき、トレイヤール将軍の指揮下でイエナで戦ったよ」

〔…〕

「知らなかったな、イエナで戦った先祖がいたなんて。一八〇六年十月十四日に」

「どうしてその日だって分かるの？」

「日めくりカレンダーに、そう書かれていた」とヴァランタンは慎重に答えた。（一三一―一三二頁）

ヴァランタンは期せずして自分の先祖と交信してしまいますが、その先祖というのがよりにもよってイエナで戦った軍人だというのです。ヴァランタンによるイエナへの執着が、必ずしも合理的ではない超越的・神秘的動機に動かされていると示唆しているようではありませんか。さらに、このこっくりさん体験の直後、ジュリアは初めて神がかった能力を発揮し知人女性の突然死を予見しているのです。こっくりさんの場面は、それまで神秘や不可思議とは無縁だった小説世界が、急速に超越的なもののほうへと振れ始めるきっかけとなる箇所だと言えるでしょう。しかし同時に、中里まき子が指摘しているように、メッセージの内容しか伝えられないはずのこっくりさんにおいて、先祖が「アルザス訛り」で話しているというジュリアの指摘は、神秘的手段による過去の探求が帯びるいかがわしさをも浮き彫りにしています(5)。一方、オカルト的方法から一線を画し知的に過去を知る手段としては、史料や文献を調べる歴史的方法が考えられますが、ここでヴァランタンが依拠しているのはなんと「日めくりカレンダー」に記載された豆知識の類なのですから何をか言わんや……。ヴァランタンにおいては理性的方法も安直というのか、少なくともまっとうなものではないことが暗示されているようです。『人生の日曜日』では、通奏低音のようにして、しばしば知的・理性的推論と宗教的・神秘的直感とが対比的に提示されており、ここでも、ヴァランタンのいびつで不完全な知性と、怪しげな宗教的直感とが対比されていることに注目しておきましょう。

時間をめぐる試み——現在

ヴァランタンは、過去を相手とするこっくりさんには深入りしませんが、「時間がどう過ぎて行くのか見ようとする」試み、つまり〈現在時の把握〉にはしばらくのあいだ没頭することになります。

商売の客がとぎれる時間帯を利用して、向かいの店の大時計をレジに座って観察するのです。「長針が一回、二回、三回と分を刻むのをなんとか見ることができたが、次になるととつぜん、十五分たっていて、そうして短針までもがそれを利用して、気づかないうちに動いているのだった。いったいその間、自分はどこに行っていたのだろう?」(一七三頁)。一心に時計の針を見つめていたはずのヴァランタンは、いつのまにか、マダガスカルに行っていたり、漫画のヒーローになっていたりと、『ルイユから遠くはなれて』のジャックのように、自らの夢想の世界に遊んでいるのです。ただひたすらに時計の針の動きを追うという営みは、マシュレが指摘するごとく宗教的苦行に通じるとも言えますが[6]、そこまで行かずとも、ある種の瞑想体験に近づくことは想像できるでしょう。けれども、完全なる無念無想の境地に到達することは言うまでもなく極めて困難であり、実際、「ヴァランタンはどうしても自分の頭を空っぽにできな」いのです(一七三頁)。この点が『わが友ピエロ』の主人公との違いであり、ピエロはしばしば無想の境地を実現しているようでした。「俺はときどきなんにも考えてないことがあるんだよ」(『ピエロ』二一八―二一九頁)。ヴァランタンが時計の針を見つめるように、ピエロは流れゆく川を眺めていましたが、同じような営みに没頭しているようでいて、両者にはずいぶん異なる結果が生じています。第1章でみたように、ピエロは不変に見える川の流れが時々刻々変化していることに気づいてある種の無常観を獲得しているのに対し、ヴァランタンのほうは、そうした悟りに到達できないばかりか、雑念の増殖に見舞われています。

時計から目を離さずにいると、しまってある箒を取りに行く自分の姿がヴァランタンには見える。もどってきて、ひと掃きでウーセット（＝近所の食料品屋）を掃き出す。道路わきの溝に押し込むと、にやにやしている食料品屋を流れが運び去る。ヴァランタンはつづいて家々を一掃し、やがて舗道を一掃し、それから溝そのものを一掃する。ヴァランタンは四分目にたどり着く。時間の経過をとても自覚する。憲兵がひとり自転車で通りかかる。それを箒で一掃する。もう一人の憲兵が徒歩で通りかかる。同様に箒で一掃する。ウーセットが二人の憲兵にはさまれてもどってくる。かわいそうにウーセットのやつ、どうして二人の憲兵にはさまれて移動しているんだ？その後ろから、ウーセットが現れ、二人の憲兵にはさまれて歩いていて、その後にもウーセットがつづき、二人の憲兵に囲まれている。ヴァランタンがそいつらを掃き忘れると、そいつらはたちまちノミやシラミのように増殖した。（一八八頁）

明鏡止水の境地どころか、ヴァランタンは邪念を追い払うことができず、ウーセットや憲兵の姿は、『ルイユから遠くはなれて』の「シラミのように」、大増殖していくのです。けれども、〈二人の憲兵に挟まれたウーセット〉のイメージは後に、単に邪念として片付けられない意味を開示することになります。ヴァランタンが営む額縁屋の近所には二軒の食料品屋があるため、買い物に際しては両者に気をつかわなければなりません（「分からないんだ、ウーセットの店に行くべきかヴィロールの店に行くべきか。いずれにしろ、片方を苛立たせるだろ」一二一頁）。そのためか、ヴァランタンは二人の食料品店主、ウーセットとヴィロールを混同しがちのようで、時計の観察中にしつこく取り憑かれたイメージにおいても、時間が経過した後には二人が一瞬入れ替わってしまうのです。

「ある日だけど」とヴァランタンが言った。「二人の憲兵に挟まれてるヴィロールが見えたよ」とヴァランタンが言った。「ちがう、ウーセットだった。そう、ウーセットだ。ヴィロールじゃない。でもいずれにしても、そんなことは決して起こらなかった」
「ヴィロール夫人は死神を背負ってるね」とジュリアが言った。(二一九頁)

ジュリアはしばらく前から夫に内緒で〈サフィール女史〉と称する占い師をしていたのですが、卒中の発作で倒れ活動が続けられなくなります。引用したやりとりがなされるのは、ヴァランタンが女物のヴェールをかぶって代役を務める算段をしていた時期にあたります。さすがに占い師の看板を掲げるだけあって、ジュリアの何気ない一言は未来を言い当てており、本当にヴィロール夫人は夫に殺されてしまうのです。

時間をめぐる試み──未来

ヴァランタンは知人が起こした殺人事件に動揺し、前に見たヴィジョンとの関連について考え始めます。

ヴァランタンは思案していた。〈二人の憲兵に挟まれたウーセット〉が〈パトカーに乗せられたヴィロール〉を意味する、とどうしたら分かったのだろうか。同時にこうも考えた。ジュリアが麻痺なんかにならなかったら、サフィール女史がヴィロール夫人の運命を回避してやれただろうか、というか、そのことを夫人に告げてやれただろうか。そして最後にこうも自問した。ヴァランタンはこれまでそのことを考えたことがなかったのだが、サフィール女史は自分の職業を中断させることになる病気を予知していたのだろうか。（二二二頁）

ヴァランタンの懐疑は、自らの営みである〈現在時の凝視〉と妻の営みであり自らも代理で行おうとしている〈占い＝未来の予見〉の両方に及んでいることに注目してください。何らかのヴィジョンを見たのちにまた別の事件が起こったものだから、ヴァランタンはこの二つに結びつきがあるかのように考えようとしていますが、よくよく考えてみると、結局、両者のあいだには何の関係もないことが分かります。ヴァランタンが見たヴィジョンは予言の機能など果たしていない。一方、〈占い〉については、妻ジュリアは果たして自分の未来を予見できていたのか、という本質的な疑念が提示されるものの、「予見できていなかったはずだ」という否定的証拠が示されるわけでもありません。ここでのヴァランタンは占いに対してあくまで一時的な疑念を抱いているに過ぎませんが、小説全体においては、占いや千里眼のカラクリを暴きその信頼性を傷つけかねない細部が序盤から繰り返し現れています。何よりも目につくのは「推論や直感によって真相を見抜く」という意味の動詞 deviner が頻出すること。小説全篇を通じて三十回以上あらわれては、その都度、「見抜く」という行為にはそれなりの根拠があり、決して神がかりな力によって真実が啓示されているのではない、と示唆しているようなのです。なお、deviner にはそのものズバリ「占う、予言する」という意味もあり、その縁語である devinerie という語が複数の箇所で「千里眼、占い」の意味で用いられていることからも、この動詞の頻出が予言と関係していることは間違いありません。一例として、この小説において「見抜く」という動詞が初めて使われる箇所を読んでみましょう。第四章で、ジュリアの義弟ポールはヴァランタンとの結婚に反対するため彼女の店に訪ねてきます。ポールは娘に遺贈されるはずの財産を横取りされてはかなわないと、ジュリアに毒づきます。

「[…]でもあんただって更年期のオールドミスのくせに、とんでもないヘマをやろうとしてんだよ」

ジュリアはせせら笑った。

「ずいぶん手間取ったけど、いよいよおいでなすった！　ひそかにたくらんできたのはそのことだろ。あんたが入ってきたときから、その耳がぴくぴく動いてるのを見て見抜いたんだよ、ゴミのような話を仕込んできたなって。どんな話を仕込んできたか首をひねる必要もなかったよ。そのでっかい耳をさらして入ってくるのを見ていたんだからね」（四九頁）

ジュリアはポールが良からぬ話をしに来たことを「見抜いた」わけですが、それは決して超自然的な能力の成果ではなく、相手の行動を子細に観察した結果であることが示唆されています。ジュリアが後に〈サフィール女史〉として占いを開業することを思えば、小説はそのずっと以前から占いのカラクリを暗示しているとも考えられるのです。しかもそれはたった一箇所だけではありません。単独新婚旅行の途上、ヴァランタンがパリで出会うタクシー運転手もdevinerの語をしきりと口にするもの の（日本語訳では「分かった」「お見通し」など）、見抜かれている内容は、列車に乗り遅れないかと の心配だったり、お上りさんの身の上だったりと、慣れない様子で駅へと急ぐ客を見れば、誰でも容易に推測できる事柄ばかりです。

隠された真相を占い師として「見抜いて」いるかのごときジュリアも、要するに、手がかりをもとに推論しているに過ぎません。ヴァランタンは額縁屋の客接待を通じて近隣住民の家庭事情やうわさ話をあれこれ仕入れてきては、夕食後、妻に話して聞かせている。ジュリアはそうした情報を活用しているのだから予言が的中するのも当然なわけです。殺人事件を予言したかのような、「ヴィロール夫人は死神を背負ってるね」というあの一言も、まったくの当てずっぽうで発せられたわけではなく、ヴィロール家の不穏な事情をジュリアは前もって聞かされていたのでした。隠し子の存在やそのための出費が原因でヴィロール夫妻は大喧嘩していたのだ、と。さらに、ジュリアが病気で倒れた後には、ヴァランタンが妻ゆずりの方法で予言者の代役を見事に果たすことになります。「界隈で拾い集めた内緒話と偶然しか利用していないのに、ヴァランタンはジュリアよりも上等の結果を残した」（二四四頁）

ヴァランタンの変化

過去、現在、未来の時間をめぐるヴァランタンの試みがもつ意味は、小説全体の読みとも深くかかわってくるので後にまた別の角度から触れることにして、ひとまずここでは次のことを確認しておきましょう。この小説の主人公は〈歴史の終わり〉に出現する賢者であるどころか、時間の不思議に捉えられ、さまざまな方法によって時間と関わり、その都度見方を改めています（「ヴァランタンはまだ時間について充分には知らなかったのだ」一九二頁、「いまでは理解できたんだよ、時間なんて追いかけるもんじゃない、つぶすもんだって」二一二頁）。ヴァランタンはすでに完成された賢者なのではなく、変化を続ける探求者なのです。

ヴァランタンの変化は、自意識のあり方や、他者、とりわけジュリアとの関係においてもはっきり見てとれます。小説の冒頭でのぼんやりした男が、トンチンカンではあるにしろ、時間や宗教について独自の考えを持とうとし、小説の末尾ではなぜか〈聖人〉になることを志し、芽生えかけた自我をあえて捨てようとするかのように振る舞っている。開巻第一ページ目における主人公は、自らの目と意識で世界を把握しようとする主体にはほど遠く、未来の妻の視線の対象となりつつもそのことにまったく気づかず何も考えようとしない、無意識の薄明に沈んでいるかのような、しかしそれゆえに幸せな男として登場します。

店の前を通るたびに、女店主に見られているなんて、兵士ブリュは思ってもみなかった。〔…〕兵舎から部隊本部にゆく道すがら、兵士ブリュはたいていは何も考えないが、考えるとしたら、好んでイエナの戦いのことで、そうした自分を毎日、ピンで刺すように感嘆の視線で見ている目があるとは予測もしなかった。兵士ブリュは、気づかない人間らしく、悠々と移動していた。自分でも意識しないが、目は灰青色で、ゲートルを優雅で無造作に巻き付けた兵士ブリュは、未婚

女性に気に入られるのに必要なものをすべて、身のこなしとともに無邪気に持ち歩いていた。（九頁、強調は引用者）

「気づかない inconscient」、「自分でも意識しないが inconsciemment」、「無造作に avec inconscience」と、「自覚のない、軽率な」という意味の形容詞 inconscient とその縁語が三回も集中して用いられており、ヴァランタンが主体としては空っぽで、ジュリアの視線の対象に過ぎないことが強調されています。クノーの処女作『はまむぎ』（一九三三）の冒頭では、存在感の希薄な「人影」に過ぎないエチエンヌ・マルセルが、ピエール・ル・グランなる観察者に見られることで、少しずつ登場人物としての厚みや実質を獲得していく様子が描かれています。それと同じように、ヴァランタンもジュリアに見つめられることによって自我を確立していくことになるのです。[7]そもそも、結婚前の身元調査によってヴァランタンの名は兵員名簿に載っていないと判明する始末で、ヴァランタンは一個の成人たる資格を制度的にも欠いている。アンリ・ゴダールが指摘するように、このエピソードが示唆しているのは、徴兵制が基盤をなす社会における、ヴァランタンの断固たる周縁性です。[8]その意味では、ヴァランタンが社会の中に安定した居場所を得られたのはジュリアのおかげとも言えるでしょう。

こうした経緯で結婚した二人ですから、小説の前半ではヴァランタンに対するジュリアの庇護者的態度が目立っており、たとえば、一人で「新婚旅行」に出かける夫を見送りに駅までついてきた妻は、出発の直前までなにくれとなく世話を焼いています。

ジュリーは列車にまでついてきた。〔…〕彼女はヴァランタンといっしょに車輌に乗り込んだ。立派な車輌で、車室に沿って通路が走っていて、その両端には豪華なWCがあって、ジュリア[ジュリーのこと]はそれを使ってみるようにヴァランタンに勧めた。それから、彼女の助言にしたがって、ブリュは自分の座席に帽子を目印に置き、何やら卑猥な雑誌も置いたが、それは彼女がそのために買い与えたものだ。どんなに用心してもし過ぎってことはないからね、と彼女は言いながら、周囲に凶悪な視線を投げかけた。（六三頁）

列車のトイレを使うよう勧めたり、座席の確保の仕方まで指示したりと、ジュリアはヴァランタンをまさに子供扱いしています。これから一人で旅行に出かける新婚の夫に「卑猥な雑誌」を買い与える新妻というのも、よほどパートナーを信用しているのか、舐めきっているのか、とにかく普通ではありません。ヴァランタンのほうはというと、単身での新婚旅行に疑問を抱くでもなく、妻が勧めるとおり半裸のダンサーが出演するミュージック・ホールに行こうと決意し、列車の客室では卑猥な雑誌のヌード写真に眺め入って、周囲の客から「同情的な目」で見られたりしている。ジュリアの意図したとおりに振る舞い、妻の手の上で踊らされることにまるで抵抗はない様子。このように、保護者ジュリアの意のままに操られる、子供のようなヴァランタンのナイーヴさは、〈嘘〉に対する態度を通じてもうかがい知ることができます。客車の中で雑誌の文通欄を目にしたヴァランタンは、かつて自分が文通を試そうとすらしなかったことを思い出しています。「〔…〕植民地部隊の兵士が文通相手を求めている。マダガスカルで、仲間もこれを楽しんでいた。で、休暇で帰国したときにゃ、うまくいくにきまってらあ、と彼らは口にしていた。手紙ならデタラメを伝えることだってできると分からなかったヴァランタンは、やってみようとさえしなかった」（六六―六七頁）。やや誇張気味の自己アピールをして文通を成功させる程度の嘘さえ、数年前マダガスカルに派兵されていた当時のヴァランタンには思いもよらなかったというのです。ヴァランタンが後にジュリアの代理で行う「贋占い師」とは、煎じ詰めれば顧客に嘘をつく仕事なのですから、ほんの数年でたいした変わりようではありませんか。

このようなヴァランタンの変化、あえて言うなら〈成長〉は、通過儀礼的意味合いを持つ新婚旅行、とりわけパリ滞在のあいだにその萌芽がちらほら見られ、シュザンヌ・メイエ＝バゴリーが指摘するとおり、(9)列車の出発時刻をめぐるタクシー運転手の間違いをあえて正さないでおいたり（八一頁）、娼婦の誘いを断るために罪のない嘘をついたりする様子が描かれています（七六頁）。他人への気づかいから小さな嘘をつけるようになったヴァランタンは、その後、妻に叱られることを恐れ利己的な理由から嘘をつくものの、この時はまだ「ウソをつくのはなんて下劣なことだろう」と反省するナイーヴさを残しています（一二九頁）。小さな嘘へのためらいがなくなりつつあったヴァランタンがあらためて嘘を忌避する気持ちになったのは、彼のごまかしをジュリアがすぐさま「見抜いた」ためでした。ジュリアは、ヴァランタンの日常生活をすべて見抜いていると匂わせることで夫を心理的に支配しているのです。「ジュリーがまた何でも見抜くんだ。何杯アペリティフを飲んだか、何人お客がきたか、何種類の新聞を読んだかを」（二六八頁）。

もちろん、実際には、さしものジュリアもすべてを見抜けるわけはなく、皆で万博見物に出かけた際、夫ヴァランタンと妹シャンタルが、アトラクションのゴンドラのなかでいちゃついた……どころか一線を越えてしまったことは見抜けませんでした。「そうだ、〈魔法のゴンドラ〉の日、ジュリアは何も見抜かなかった」（一七二頁）。そのことを軍隊時代の旧友に報告している時点では、ヴァランタンがジュリアの能力を疑い始めているようには見えませんが、やがて、界隈の新参者サフィール女史をめぐる妻とのやりとりを通じて、ジュリアにも見抜けないものがあることをヴァランタンは確信するに至るのです（この時点ではジュリアは女占い師の正体が自分であることを夫に明かしていません）。

ヴァランタンが顔に出しているのは自分で望んでいることだけだが、ジュリアはそれが見抜けなかったし、彼が時間の実験をどんどん押し進めていて、その点についていくつかの的確な知識を獲得したことも、見抜けなかった。商売の展開とかおごったりおごられたりの回数については、ジュリアをごまかせないとしても、ヴァランタンはとうとう確信を抱いたのだ。自分の頭のなかにまでジュリアは入ってこないし、たとえ喉の奥から脳へと耳に入ることなく直接に上ってくる小声が黒と言うとしても、声に出して白とはっきり言えば、ジュリアは内心の声には気づかない。

（一七八－一七九頁）

自分の中にジュリアにも見抜けない不透明な部分があるのだと気づいたとき、「無意識的な男 inconscient」であったヴァランタンに真の自我が芽生え、進行しつつあった妻の相対化や彼女からの自立が加速しているとも言えるでしょう。そのきっかけとなった夫婦間の会話がサフィール女史をめぐるものであったことにも注意してください。「見抜くこと」や「嘘をつくこと」はやはり占いという営みと密接に関わっているのです。実際、単純素朴だったヴァランタンが、意識的に、罪悪感を抱くこともなく、いとも簡単に嘘をつくことができるのだと実感することになるのは、食料品屋のウーセットに対し作り話を聞かせた直後なのです。額縁屋の店を閉めるのは占い師として働くためなのに、都心に勤め口を見つけたからだという偽り。「食料品屋の分別のある頭のなかに、やすやすと思い違いの一帯を作りだしてしまい、その容易さにヴァランタンは感心もしたのだ」（二二四頁）。自我が芽生え、保護者から自立し、嘘をつくたくましさを獲得したヴァランタンは、占い師という生業においてますます図々しく振る舞うことになります。

「見抜くこと」と戦争

予見や千里眼の能力が本当に実在するのなら、小説の舞台である一九三〇年代を生きる人々が、不穏な世界情勢がどうなっていくのか、果たして戦争は起こるのかどうか、切実に知りたがるのは当然でしょう。ヴァランタン夫妻と義弟のポール夫妻の会食でも政治が話題になり、「外交となれば、議論は同じ話題を堂々めぐりし、きまってヒトラーが心のうちで何を考えているかの話になって、みなそれぞれにその内心が分かると得意げに」話しています（一九九頁）。ジュリアも義弟ポールも、ヒトラーの内心を「見抜いて」いるつもりなのです。

不安な庶民のなかには実際に占いに頼る人も出てきます。病に倒れたジュリアに代わってサフィール女史として店に立つヴァランタンに対し、訪れた客たちはその力量を見定めようと次々に意地悪な質問を発するのですが、落ちぶれた元オペラ歌手のミス・パントリュッシュも例に漏れず、のっけから、自分が何を見て欲しいのか当ててみろ、と挑発してきます。


「あんたは未来を知りたがっている」とヴァランタンは口にだした。

「その通り!」と勝ち誇ったようにミス・パントリュッシュが同意した。

それで信用すると、婆さんは訪問の目的をもうそれ以上隠そうとはしなかった。

「こっちはたった一つだけが知りたいんだよ」と彼女は言った。「戦争になるかどうかさ」

こうして、この年寄りのみすぼらしい間抜け婆は空中に十フランを放りだすようにして、良識のある人ならだれでもただで教えてくれそうなことを、もったいぶって聞こうとしている。人間ってやつは何ておかしなものなんだろう、とヴァランタンは考え、そして〈戦争が起きるよ〉という手が例のインドの王子という一手とそっくりだと気づいた。それより先に死にでもしないかぎり、そいつはいつだってしまいには起こるに決まってる。ヴァランタンは新しい手を試した。「ご安心を、奥さん」とヴァランタンは精一杯のかん高い声で言い放った。「戦争にはなりません」(二三〇頁)

この婆さんの挑発はもっともであり、占い師なら問いへの答えだけでなく、そもそもの問い自体を言い当てられなければおかしい。占い師の力量を試すにはうってつけの挑発です。これに対し、ヴァランタンはずるい逃げをうち、「未来を知りたがっている」と、およそ占い師の客なら誰でも抱くはずの願望をもって切り返しています。客としてはこんな答えで納得すべきではないのですが、ミス・パントリュッシュは感心してあっさり引き下がっているのですから、占いに頼る人間などチョロいものだとヴァランタンも安心したことでしょう。ここでは、巧みな嘘をつく占い師の狡さだけでなく、見え見えのカラクリにころりと騙される客の愚かさも、戯画的に提示されているようです。

導入の挑発に失敗し、早くも主導権を占い師に握られてしまったミス・パントリュッシュですが、第一次世界大戦とともに人生の浮沈を経験しているだけに、「戦争になるかどうか」という彼女の問いは切実なのです。しかし、ヴァランタンが感じているように、本来、戦争が起こるかどうかなどという予測は、町の占い師風情ではなく然るべき「良識のある人」に訊ねるべき話題でしょう。与《くみ》しやすい相手とみたヴァランタンが一瞬頭に浮かべている「例のインドの王子という一手」とは、前の客に試そうとした方法のことで、「あなたはインドの王子と結婚するでしょう〔…〕必ずしも初婚とは限らないし、再婚でさえないかもしれません」(二二四頁)と答えてさえおけば、馬鹿な客は老衰で死ぬまで待ち続けることになる、というカラクリを指しています。確かに、「戦争が起きるよ」と告げられれば、間近に危惧されている戦争が回避されても、それは引き延ばされているだけでいずれは起きるはずだと、認知の歪んだ客なら考えてくれるかもしれません。つまりこの手は絶対に外れない予言として機能しうるわけです。これほど都合のいい手を思いつき、しかもおめでたい客を相手にしているにもかかわらず、ヴァランタンはなぜか、自らの確信に反してまで「新しい手」を試し「戦争にはなりません」と答えてしまう。真実を告げることよりも、あるいは、客を手玉にとることよりも、このときのヴァランタンは自覚したばかりの嘘という能力を発揮したがっているようなのです。なにしろ、先に述べたように、ヴァランタンは占い師になる直前に嘘をつく容易さに気づいているのですから。手芸品店の商人なのにボタンを売らないでコレクションしようとしたり、流行らない額縁屋での暇つぶしだったはずの時計の凝視を、忙しくなってくると早朝五時起きで実施したりと、ややもすると手段と目的の関係や物事のバランスを失いがちなヴァランタンのことですから、これはさもありなんという成り行きです。

それにしても、あらゆる占いや千里眼は、単なる嘘っぱちに過ぎないか、良くてもカラクリを隠し持っているものなのでしょうか。『人生の日曜日』という小説は、読者にそう思わせようとしているようにも感じられます。すでに確認したように、「見抜く」という行為には必ず裏があるもので、手がかりに基づいた推論がその背景にあると繰り返し示唆されていたり、あるいは、占いの客というものは外れたことは忘れ、当たったことだけを覚えているものだ、という考察が記されていたりと、総じて占いはイカサマ扱いを受けているからです。ところが一筋縄で行かないことに、ジュリアは神がかった本当の予見能力をも備えているらしい。母ナネットの霊と交信するつもりがヴァランタンの先祖と混線してしまったこっくりさんの直後、ジュリアは、ヴェルトレル夫人の忘れ物のネッカチーフに触れたとたん、ひとつのヴィジョンを目にしています。

ジュリアはネッカチーフを手にした。すると一つの通りが目に浮かんだのだ。それはパリの通りに違いないのだが、自分はパリをあまりよく知らないのだ。一人の婦人が前を歩いている。間違いなく、ヴェルトレル夫人だ。とつぜん、夫人が倒れた。人びとが駆け寄る。そしてジュリアには夫人が死んでいるのが分かった。（一三四頁）

後にヴァランタンが時計を凝視しながら見ることになる〈二人の憲兵に挟まれたウーセット〉のヴィジョンとは違って、ジュリアによるこの幻視はそのまま現実となってしまうのです（「ヴェルトレル夫人が死んだよ」と〔ヴァランタンは〕告げる。「通りでだ。散歩していたとき、とつぜん、ばたん。発作に襲われたんだ。舗道で抱え起こされたけど、死んでいた」一四一頁）。これ以降も、突然羽振りが良くなった義弟ポールの葉巻ケースに触れたとたん「稼働中の工場の光景」が目に浮かんだため、ポールが役所をやめて産業界に入ったことを「見抜いた」り、また別の折りには、「小型トラックに座っている」「軍服を着たヴァランタンの姿」を幻視し、いずれ夫が再招集されることを予見している。つまり、ジュリアは、相手のちょっとした反応（「その耳がぴくぴく動いているのを見て見抜いたんだよ」）やら界隈のうわさ話やらを参照しつつさまざまな手練手管を弄して合理的に予言するのみならず、いくらかは超自然的な千里眼をも備えているのです。

一方、〈二人の憲兵に挟まれたウーセット〉が〈パトカーに乗せられたヴィロール〉を意味していた（二二二頁）、ということはつまり、実際には何も予見できていなかったヴァランタンは、妻ジュリアのような本物の千里眼を持っているわけではなく、占い稼業においても嘘とはったりで押し通しているに過ぎません。予言者としての能力には雲泥の差があるように見える二人なのですが、小説を通じて、決定的な一点においては常にヴァランタンが正しく見抜いており、ジュリアは誤り続けているのです。

「面白そうな周遊旅行があるんだ」とヴァランタンは言いながら、ポケットから紙切れを取りだした。「豪華観光バスで一週間、そんなに高くない。気に入りそうかな、これ？」〔…〕

「いいかな」とヴァランタンは言った。「きっと行けなくなると思うよ。その前に戦争が起こったりして」

「まさか、ばかだね。わたしが言ってるだろ、戦争なんて起こらないって。何でまたいつもそんな戯言ばかり吐いてるんだい？」（一七九－一八〇頁）

推論能力でも幻視能力でもジュリアには及ばないヴァランタンが、どうして戦争の勃発だけは正しく確信しているのか？　すでに見たように、ヴァランタンの確信はイエナの戦いへのこだわりと関係しているようで、アップダイクの見立てによればイエナの戦いとは「一時的敗戦のモデル」となるわけですが、ヴァランタンには時空間に関する独特の認識方法があり、百数十年前の戦争と同時代の世界情勢を重ね合わせて把握しているらしいのです。以下では、こうしたヴァランタンによる時空認識の様相を、空間と時間に切り分けて整理してみましょう。

空間偏重と時間の枠外

小説の序盤のヴァランタンはまだほんの若造で、未来の妻ジュリアの視線によってどうにか無意識の靄《もや》から引き出されたに過ぎませんが、それでもすでに二十数年分の過去を背負っているはずです。ところが、ポール・ガイヨが指摘しているように、その過去は、何年に何をしたというような〈時間〉の秩序ではなく、どこどこに行ったことがあるという〈空間〉の秩序によってのみ規定されているのです。(10)「ヴェジネ生まれの孤児」というヴァランタンの過去について、読者に知らされるのは数行に圧縮された地理的遍歴でしかありません。「フランス国内で知っているところと言えば、ロアンヌ、クレルモン＝フェラン、マルセイユ、ボルドーくらいで、マルセイユはマダガスカルに出発した場所だし、ボルドーは戻ってきた場所だ。故郷の魅力から二歳のときに引き離されてしまったので、ヴェジネの思い出はひとつもない。そのことが彼には惜しまれた」（四六頁）。ヴァランタンはイエナの戦いへの執着を見せていますが、だからといって、ナポレオンその人を崇拝しているわけでも彼の時代に関心があるわけでもなさそうで、歴史ではなくあくまでイエナという場所に引きつけられているのです。ヴァランタンにおいてはこのような空間に偏った世界把握の様式が、知識の整理法にまで及んでいることも分かります。ヴァランタンは客の少ない額縁屋の店先で暇を持て余し、こっそり本を読もうと思い立ちます。

〔…〕何を読むかという問題がまだある。ヴァランタンには特にこれといって惹かれるものは何もない。〔…〕昔の作家の本もあって、これらは区の図書館にたやすく見つけられるが、数が多すぎる。いったいだれから読みはじめたらいいのか？　世紀を下ってくるか、世代をさかのぼるか？　ヴァランタンは具体的な方法を採用する。最も身近な著作者たち、つまり十二区にその名

の通りがあるものを選んだのだ。たとえば、シャルル・ボードレール、テーヌ、ディドロ、ルドリュ＝ロラン。（一三九頁）

ヴァランタンにとっては、ボードレールやディドロといった名前が、〈書物〉と〈通り〉という二つの指示対象を持っており、後者が属する地理的秩序に従って前者が関連づけられようとしています。「世紀を下ってくるか、世代をさかのぼるか？」との自問が示すように、ヴァランタンは時系列に基づく、より適切な方法に思い至っているにもかかわらず、あえてそれを捨てて〈パリ十二区の空間秩序に依拠した読書〉を企てるのです。このように、自らの来歴から学識に至るまで、ヴァランタンの世界把握の様式は〈空間〉に偏っていて、〈歴史〉や〈時間〉という尺度がきれいに抜け落ちているのですが、このことは彼が近代的な効率主義や管理体制の埒外で生きていることと無関係ではないでしょう。ヴァランタンは、軍の名簿に名前が記載されていないだけでなく、商品のボタンをコレクションしようとするなど、資本主義の枠組みにも収まっていませんでした。ヴァランタンと対照的に、義弟のポールは〈勤勉さ〉というプロテスタント的倫理を内面化しており、効率や管理を重視する近代産業社会の申し子のような存在です。おまけに、近代社会の画一化や管理政策の道具たる「度量衡」の検査官を生業としていて、その性格も地位も、〈効率〉や〈管理〉を体現するものとなっています。あらゆるしがらみの埒外で気楽に生きているヴァランタンをポールは許しがたく思い、遺産を横取りされる不安もあってか、義姉ジュリアの前で彼を「能なし」呼ばわりしています。

「五年間も軍隊にいて、まだ一介の二等兵だなんて！　能なしに決まってる」

「だれもがあんたみたいに野心家とはかぎらないよ」

「兵員の員数にさえ入ってないヤツだぜ」

「あんただけだね、あの人を秤で測ったり物差しで測ったりするのは」（五〇頁）

このように、「度量衡検査官」が管理するような通常の尺度ではヴァランタンという人間は測りきれない、と反論するジュリアも、未来の夫同様に、世間的な尺度など意に介しておらず、実際、仕事道具のメートル尺にイカサマをほどこしているのです。そうしたジュリアの価値観は、極端に年下の男に一目惚れして結婚しようとする振る舞いからもうかがえますが、すでに閉経していて「月経 règles〔＝「定規」「規範」〕」がないという事情によっても印象づけられています（五一頁）。一方、ポールの妻となっている妹のシャンタルは、当然のことながら夫のブルジョワ的・役人的「物差し」を共有しており、ジュリアの結婚話が持ち上がった際には、ヴァランタンの所属する軍本部に押しかけて、「身元ばかりか、家系も、職歴も、既往症の記録も、そのほか許嫁者になるかもしれない家族の興味を持ちそうなあらゆる些細な点」（二三頁）を知ろうとしています。そもそも、ブルジョワあるいはプチ・ブル階級において「結婚する」ということは、このような管理体制の網の目に絡め取られることを意味するはずなのですが、店の前を通りかかっただけの、二十も若い男と結婚しようとするジュリアも、その申し出をあっさり受け入れるヴァランタンも、ともにこうした管理の体制を骨抜きにしているわけです。実際、名簿による管理をすり抜けていたヴァランタンは、軍隊という枠組みに閉じ込められていなかったように、結婚あるいは夫婦という枠組みにも縛られているようには見えません（そんな二人が営む商売が「額縁屋」だというのも皮肉なのですが、ジュリアは自ら進んで「枠に入りたがる」人間が多いことにあきれたりもしています。「こんなにフレームに入れられる人間がいるなんて、どうしたんだろうね？」一四〇頁）。〈妻〉に対する〈夫〉という役割に固定されることなく、すでに見たように、ヴァランタンは、〈保護者〉に対する〈息子〉の役割から自立していくという変化を見せていますし、生業のほうも、手芸品屋、額縁屋、占い師、と移り変わることになります。[11] そして、世間の尺度など屁とも思っていないジュリアとの結婚だったからこそ、ヴァランタンは「単身での新婚旅行」などという珍妙な体験をすることができたのです。

すでに述べた通り、この新婚旅行、とりわけパリ滞在は通過儀礼の意味を帯びており、その過程で他者と交渉するうちにヴァランタンは嘘を覚え始めたのでした。さらに、ヴァランタンはパリで〈時間〉による管理にも直面することになります。大都会パリは時間をはじめとする「物差し」で人々を制御する装置として姿を現し、時間の枠外に漂う田舎者のヴァランタンを徹底的にいたぶるのです。パリのターミナル駅に降り立った直後の様子を読んでみましょう。

　オステルリッツ駅で、彼は殺到する人込みに巻き込まれ、あの列車にこれほどの人が乗ることができていたなんて思いも寄らないほどで、しかもその人たちときたら、自分が何をすべきか、じつに決然としているように見えた。気がつくと地下鉄《メトロ》の扉の前にいて、ヴァランタンは脅えて後ずさった。迷子になっちまう。地下鉄では、決まって道に迷うものだ。踵《きびす》を返そうとすると、カバンの金属の角を神経質な何人かの膝の骨にぶつけて、いまにも罵声を浴びそうになった。とんでもない仕草と言われたようで、恥ずかしくなったが、それこそ意地悪な連中の思うつぼだった。パリの地下道のぐるぐるとめぐる素晴らしい秩序を乱してから、気がつくと、彼はどうにか舗道に出ている。旅行トランクを置き、その上に腰を下ろす。〔…〕

彼はそこにとどまってはいられなかった。通行人は急いでいるくせに、自分をじろじろと見てゆく。ひょっとしたら彼のせいで人集《ひとだか》りができつつあり、法律によって罰せられるかもしれない。彼は立ち上がり、旅行用トランクを力いっぱい片腕で持ち上げ、歩きつづけようとした。

（六九―七〇頁）

現代社会の縮図たる大都会において、時間や尺度の枠外に生きるヴァランタンがどれほどの「はみ出し者」であるか実感させられる一節です。「たいていは何も考えない」無意識的なヴァランタンとは対照的に、せわしない日常の中で常に決断を迫られるパリジャンたちは「自分が何をすべきか」をよく自覚しているようです。けれども、実際には、じっくり考える機会を奪われ急かされるあまり、大勢に流されるがままになっているだけなのかもしれません。本当は、ヴァランタンのように「景色をいっさい見逃すまいとゆっくり歩いて」みたり、決断を棚上げして立ち止まったり、迷子になったり、逆方向に歩いてみたりしたいのに。現代社会のシステムは効率よく動き続けることを求めてきます。立ち止まるだけで効率を下げ秩序を乱す邪魔者になってしまうわけで、ヴァランタンはまさにそのような存在として大都会に放り出されているのです。

時間の枠外に生きる男も、列車を使って旅をするとなると、時刻表を気にしないわけにはいきません。当初は、ブリュージュ行きの列車に乗り遅れることを心配しながら、肝心の列車の発車時刻は知らないというのんきさを発揮しつつも、駅に荷物を預ける際には、神経症的な執拗さで列車の時刻を確認しています。

〔…〕七つの別々の窓口で七回もブリュージュ行きの列車の時刻を訊ねた。返事はどれも一致していた。それでも彼は、一般客のために設置されている黄色い時刻表パネルを見て、確かめてみた。零時十七分きっかりの出発にはたっぷり余裕がある、とやっとのことで納得すると、彼はようやく「出口」と書かれた扉のほうへ向かった。それは暗い小さな通路に通じていて、その端に階段があったが、ヴァランタンはためらわずにそれを上った。階段の上にくると、およその見当で左に曲がった。とたちまち、彼はまた駅の前に立っている。駅は先ほどとすっかり趣を異にしていた。（七二頁）

列車、とりわけ〈駅〉という装置と関わることによって、さしものヴァランタンも時間による支配に絡め取られつつあることが分かります。時間の正確さに対する信仰が最初に生まれたのは工場においてであり、鉄道員たちは工員たちの規律を受け継ぎつつ、時間による管理を国全体に拡げていきました。駅とは兵舎をモデルに構築された「新たな時間管理の場」であり、町の中心に位置しつつ「都市の群衆を操作する技術が試される空間」でもあったのです。(12) 目的地別に人々の進行方向を区別し、入る扉と出る扉までも管理しようとする駅によって、ヴァランタンも行き先を「操作」され、タクシーを待たせたのとは違う場所に出たまま食事に出かけてしまい、結果的に無賃乗車をする羽目になっています。

このように、ヴァランタンは小説の冒頭から変わらないまま〈歴史の終わり〉を生きているわけではなく、〈時間〉との関わり方においても彼はやはり変化しているのです。ジュリアと結婚する前こそヴァランタンは時間の枠外を生きているかのような悠然たる風情をまとっており(「歩き方も自然で」「悠々と移動していた」「ゲートルを優雅で無造作に巻き付けた」九頁)、駅に象徴される時間管理を免れているような印象を与えますが、パリ旅行によって時間の洗礼を受け、小説のほぼ中央に位置する第十章でこっくりさんの試みに手を染めて以降は、すでに見たとおり、一連の時間をめぐる実験へと深入りしていくことになります。

名前と時間

一方、ヴァランタンの義弟で度量衡検査官を務めるポールは「管理する」側にいるはずなのですが、皮肉なことに、この男においては、個人を把握し制御するための重要な手段である〈名前〉が流動的でいっこうに定まりません。ポール夫妻の姓は、ボリュクラとして初めて出現して以降、ビュロクラ、ブーラングラ、ブルリュガ、ブロリュガといったぐあいに、言及されるたびに変形を続け一度たりとも同一の形は反復されない。これはもちろん冗談好きのクノーが仕掛けた遊戯のひとつなのでしょうが、小説の主題が主題だけに、あえて〈時間〉と関連付けた解釈をしてみるのも一興でしょう。固有名とは、本来、時々刻々と変化し続けているはずの人間を、便宜的にひとつの枠に入れ固定する方法ともみなしうるからです[13]。その意味で、不変の名前は時間による管理とも親和的なのであり、管理体制側のポールの姓が、登場人物の与り知らぬ語りの審級において変転し続けるというのは、いかにもクノーらしい皮肉と言えるでしょう。一方、軍人名簿に記載されていなかったヴァランタンは名前による管理を逃れ去る人物とみなせるわけですが、彼のパートナーとなるジュリアも、他のもろもろの尺度同様、名前などちっとも重視していないことが、結婚話が持ち上がった際のシャンタルとのやりとりからうかがえます(「名前だって知らないくせに」/「それがどうだっていうの?」一四頁)。

もっとも、ヴァランタンは「管理の道具」としての名前には縁遠いにせよ、彼なりの仕方で〈名前〉への執着を感じさせています。彼はマダガスカルでの経験はほとんど語ろうとしないのに(「あまりマダガスカルの話はなさらないのね」一一八頁)、島とは直接関係のないパリの「マダガスカル通り」には奇妙なこだわりを見せるのです(「今日は何人くらい客がきたの?」/「四人さ。フーセ夫人、ウーセットの甥、マダガスカル通りに住んでるご婦人、こいつは奇遇だな」一四二頁)。また、ヴァランタンは、ボルドーで通っていたカフェと同じ名前だからという理由だけで、パリでの行きつけのカフェを選んだりもしている。ポール・ガイヨが指摘するように、『人生の日曜日』においては、名前はそれが指し示すものと同じくらい重要なのです[14]。

ヴァランタン独特の名前への執着は、単独新婚旅行の際のパリ滞在でも発揮されています。第一次大戦のマルヌ会戦時に、兵員輸送のためパリから六百三十台のタクシーが徴用された作戦、いわゆる「マルヌのタクシー」に参加したと自慢げに話す運転手に対し、ヴァランタンはこんなふうに応じています。

「ええ、ええ、知ってますよ。面白い戦いですよ、マルヌ会戦って」とヴァランタンは夢見るように言った。「でもぼくはとりわけイエナに興味があるな、イエナの戦いに」

「その名の橋があるし」と運転手は無意識に言った。「広場も、並木大通りもある。それにシャンペレ門近くにそういう小路もね」（八一頁）

自由を求める人間の歴史に関心を寄せる哲学者ならば、あるいは、ナポレオン信奉者の軍事オタクならば、イエナの戦いや戦場には興味を持ったにせよ、いくら同名とはいえ、パリのイエナ橋やらイエナ小路やらに行きたがるとは思えません。ところが、ヴァランタンは運転手の提案にすっかりのせられて、実際に「イエナ地名巡り」をして喜んでいるのです。「パリのイエナ」に対するヴァランタンのこうした関心はいったい何を意味しているのでしょうか。

パリにおいて地名が歴史的な参照対象を持っているのは「イエナ橋」に限りません。プレイヤード版の注に指摘されているように、オステルリッツ駅に降り立って以降、パリでヴァランタンがたどる奇妙な行程はナポレオン帝政の軍事史を喚起するものとなっています。そもそも、スタート地点の駅名からして、ナポレオン率いるフランス軍がロシア・オーストリア連合軍を破ったアウステルリッツの戦い〔一八〇五年〕にちなむものですし、「イタリア広場」はイタリア戦役を、「シャティヨン門」はシャティヨン会議〔一八一四年に開催され決裂した講和会議〕を、「コランクール通り」はコランクール侯爵〔先の会議におけるナポレオンの交渉人〕をそれぞれ想起させるほか、ヴァランタンは目抜き通りのひとつ「グラン・ブールヴァール」のつもりで、ご丁寧にもかなりの遠回りをしながら、ブリュヌ大通りをたどっていることが前後の描写から分かります（七〇―七一頁）。この地名もまたナポレオンによって任命されたブリュヌ元帥を記念しているのですが、そのことにヴァランタン当人が気づいていないことから分かるように、タクシーによる「イエナ地名巡り」とは違って、この「ナポレオン軍事史散歩」は登場人物の意識的な行動というわけではなく、多分に著者クノーの遊びとみなすべきものなのでしょう。いずれにせよ、ヴァランタンにとってはイエナを冠する地名群によって、読者にとってはその他の地名も作用することによって、ナポレオン帝政時代と一九三〇年代中葉が、さらにはイエナの戦いと迫り来るドイツとの戦争が、互いに重ね合わされることになります。

このパリ旅行の時点ですでにヴァランタンは戦争が避けられないことを確信しています。「激怒したように、エネルギッシュに、夕刊売りの大声が響くので、ヴァランタンは戦争でも布告されたのかと思った。たしかに、そいつはいつの日にか起こるだろう。今日はじまってしまったら、徹底的なものになるだろう」（七〇頁）。けれども、この確信とイエナへの執着やナポレオン帝政と現代の重ね合わせがいかに関連しているのかについては、ヴァランタンは（なにしろ「無意識的な男」なものですから）明確に意識していないようですし、読者にもよく分かりません。異なる時代や場所の重ね合わせと戦争の確信が明白に結びつくには、小説の後半でヴァランタンが語るドイツ旅行の報告を待たねばなりません。

ナポレオン戦争と対独戦争

一九三八年の晩夏、産業界（それも銃製造！）に転身し金まわりのよくなったポール夫妻に招待され、ヴァランタン夫妻は彼らとシャンゼリゼのレストランで食事をすることになります。やがて食卓の話題はヴァランタンが単身で参加したばかりのドイツ・バスツアーに及び、ぽつりぽつりとその報告がなされてゆきます。ヴァランタンによると、「ドイツにおけるナポレオンの戦場めぐり」の参加者は「ナポレオン信奉者」の退役将校たち、「みなものスゴイ愛国者たち」で、最初のうちこそ、エルヒンゲン、ウルム、エックミュール、アウステルリッツなど、フランス軍が勝利した戦場をめぐっているのですが、やがて、ロスバッハ、ライプチヒなど敗北した戦場をも訪れることになります。こうして、「オステルリッツ駅」の名に見られるように、フランス側では輝かしい勝利の記憶としての刻まれているナポレオン戦争も、実際には勝ったり負けたりしていたという事実が史跡によって喚起されるのです。これは、決定的勝利をもたらす「最終戦争」など存在しないことを直感させる行程とも言えるでしょう。さらに、このドイツ旅行報告の場面は、明らかに、ナポレオン戦争と独仏戦争が重ね合わされるべく提示されています。ヴァランタンによる報告を聞きながら、義弟のポールがちょくちょく茶々を入れるのですが、それらはことごとく、帝政当時の敵国オーストリアを同時代の仮想敵ナチス・ドイツと重ね合わせるものとなっているからです。「ベルヒテスガーデン〔ヒトラーの山荘があった場所〕には行ったかい?」、「オーストリア兵だろうと、ドイツ兵だろうと、いまでは同じだよ」〔一九三八年四月の〈オーストリア併合〉への暗示〕、「バターと大砲の両方は持てないって。ゲーリングがうまいこと言った。ゲッベルスだったっけ」。このようにして醸成される印象を確実なものにするのは、ひととおりドイツ旅行の報告を終えた後、ヴァランタンがだめ押しするかのごとく口にする感慨なのです。

「マダガスカルではね」とヴァランタンがとつぜん切りだした。「死んだ連中を埋め直すんだよ」

「何だって？」と他の三人が言った。

「死んだ人たちを埋めるだろ」とヴァランタンは言った。「それから、しばらくしてから、そこから死体を掘り出して、違う場所に埋めるんだよ」

「何て野蛮な」とジュリアが言った。

「歴史でも似たり寄ったりさ」とヴァランタンは言った。「勝っても負けても、それで終わりってことは決してないんだよ。しばらくすると掘り返されて、別の場所で腐ってゆく」（二〇五頁）

すでに確認したように、小説の前半においてはヴァランタンの外部認識は空間的枠組みに偏重していたのですが、作品の半ばにおけるこっくりさん体験あたりから、彼は時間への関心を強めていきます。この変化に対応するかのように、前半部で描かれる新婚旅行においては、イエナの戦場（ドイツ）とイエナ橋（パリ）を繫ぎ合わせることによって、いわば〈空間における重ね合わせ〉がなされていたのに対し、後半部で報告されるドイツ旅行では、ナポレオン戦争と迫り来る独仏戦争が対照され、〈時間における重ね合わせ〉が行われていることになります。いずれにせよ、ここで注目すべきなのは、ヴァランタンが以前から抱いていた戦争勃発の確信は、ジュリアが駆使していた占いの手法、つまり〈手がかりに基づく推論〉によって導かれているわけではなく、むしろ、彼女にもときおり生じていた神がかり的な直感に近い仕方で得られている、という事実です。世界情勢を分析して戦争の勃発を予言していたわけではなく、イエナで起きたことは立場が入れ替わってもまた起きるはずだとい う信念、マダガスカルの死体のように、終わった戦争もまたいずれ掘り返されるはずだ、という根拠のない信念によって予言していたわけですから。

予言における推論と直感の対立

こうして、小説の終盤にかけて前景化してくるのは、予言における論理的方法と超自然的方法の対立、もっと簡単に言うなら、推論と直感、知と信の対立なのです。以前からジュリアに本物の千里眼の資質を想定しつつ、ヴァランタンは自らにもその片鱗が備わっている可能性に思いをはせていました。「そしてヴァランタンは、どうしてさっき二人の憲兵に挟まれているウーセットを見たのか思案した。あれはジュリアが好んでやるような千里眼だったのか、それともいまここにいるウーセットとは関係のない幻影だったのか?」（二九五頁）。端緒の試みであるこっくりさんがスピリチュアルな体験であったことを考えても、ヴァランタンによる時間の探求からはときおり超自然的要素が顔をのぞかせていたのです。それでも、贋占い師としてのヴァランタンが用いる方法はジュリアゆずりの推論的方法なのであって、あるのかどうか定かでもない自らの千里眼〔devinerie〕に頼ろうとはしていません。それもそのはずで、無意識的でのんきな男として登場した割に、ヴァランタンは以前から、いびつな形においてではあるものの、知への渇望を隠しきれずにいるのです。マダガスカル駐屯時には『プチ・ラルース百科事典』を通読し、図書館の本を独自の秩序にしたがって読破しようとし、通信教育によるバカロレア〔大学入学資格〕取得をもくろみ、商売上の必要もあってか新聞・雑誌をじつにこまめに読んでいる。つまり、ヴァランタンはジュリアによる占いの方法が知的推論（＝知）と神秘的直感（＝信）の双方にまたがっていることを意識しつつも、生来の性向も作用して、贋占い師稼業を始めた時点では大きく〈知〉の側に傾いていたと言えるでしょう。

しかし、占い師を始めた直後に、ヴァランタンは〈知〉に不信を抱かせ〈信〉の側に引き寄せられる体験をすることになります。ある種の啓示的体験です。ヴァランタンは私服刑事を客に迎えて泥棒事件の犯人を占う際、うかつにデタラメを言うと「あっという間にパクられる」ことになると恐れ、真相の発見を巧妙に相手に投げてしまいます。「明日の朝、七時に、サクレ＝クール寺院の前に行くんだね、そうすれば自分自身でどうすればいいか分かるよ」（二二八頁）。もちろん口からでまかせを言ったまでなのですが、自分の予言がもたらす結末が気になり、ヴァランタン自身も翌朝早くにサクレ＝クール寺院の前に向かうことになります。

『マリ・クレール』を買ってから、地下鉄に乗った。この雑誌に読みふけっていたため、二度も乗り換え駅を逃したが、ヴァランタンはじつに多くのことを知ったのだった。そのうちの二ページに強く惹きつけられた。パリについて、その歴史について、地勢について、あるいは名所旧跡について自分が大して知らないと、女性読者が納得するはずのページだった。このテーマについ

て、自分の無知も相当だなとヴァランタンは気づいた。（二三二―二三三頁）

『マリ・クレール』は一九三七年の創刊ですから、この小説の舞台となっている第二次世界大戦前夜においては、できたての最新流行雑誌だったことになります。小説中でもしばしば、客との会話に必要な情報源として、ヴァランタンの愛読誌『マリ・クレール』に言及されています。ここでは、ヴァランタンを「無知」から救いだすのが、よりにもよって流行雑誌だというところに、知に対するクノーの揶揄や皮肉を読みとることも可能でしょう。[15] しかしながら、婦人雑誌や「日めくりカレンダー」も、百科事典も、区別なく同列の知として扱い、軽んじることも奉ることもなく、ともに「面白がる」という姿勢は、クノーその人のものでもあったのです。実際、クノーは創刊から間もない時期にこの雑誌を購入していますし〔一九四〇年二月二一日の日記〕、なにより、この箇所で『マリ・クレール』が提供しているパリ情報は、パリの通り名の由来だの地下鉄網の全長だのといった、クノー自身が連載コラム「パリをご存知ですか？」[16]で話題にしたのと同種のトリビアなのです。ただし、ヴァランタンはこの時、日めくりカレンダー的な豆知識に加えて、後の啓示に繋がる重要な情報をも得ています。

同様に彼が知ったのは、モンマルトルがパリで最も高い地点ではないということで、そのことに少し落胆したが、その名はおそらく軍神マルスの丘〔mont〕を意味すること、だれもがラテン語を話していた時代に、この軍神を祀った神殿が建っていたと考えても、あながち常識を外れないこと、そしてその跡に、七〇年の戦役の後にバシリカ教会堂が建立され、それは七一年の敗戦の

結果だったことである。（二三三頁）

サクレ゠クール寺院がそびえ立つパリ北部の丘モンマルトルの語源については異説もあるようですが、ここでヴァランタンが確認しているのは、パリの街——ナポレオン由来の地名を多く残し戦争の痕跡を色濃く留める街——が、古代においては軍神マルスに捧げられていたという仮説です。しかも、このバシリカ式聖堂が喚起するのは、直近の第一次大戦の勝利でもなければナポレオン戦争による征服でもなく、普仏戦争の「敗戦」だという。つまり、またしても、勝ったり負けたりしながら戦争は繰り返される、というヴァランタンの信念を補強する事実がもたらされているわけです。先に、戦争の可能性に関する彼の確信はマダガスカルの風習に想を得たもので、知的推論ではなく非論理的直感に基づくものだと述べましたが、『マリ・クレール』は語源や歴史にまつわる知識によって、この確信に知的根拠を与えていると言えるでしょう。けれども、いざサクレ゠クール寺院の前に立つと、ヴァランタンは地下鉄内で得たさまざまな知識の無力を思い知らされるのです。

三度目の乗り換え駅でようやくアベッス駅で降りることができたヴァランタンは、（婦人用の）雑誌が今しがた明らかにしてくれたたくさんの事柄になおも驚いていたが、いくつか回り道をして、サクレ゠クール寺院の前にたどり着いた。ヴァランタンはその大きな建築に感心したが、サン゠テスプリ教会の建物のほうが好みだった。そして振り返ると、六月の日射しを浴びて陽気に震えているパリの姿が目に入った。パリがこれほど大きいとはヴァランタンは一度も想像してみなかった。そしてブレシュ゠オ゠ルー通りのちっぽけなわが家を見つけようとして絶望しながら、いくつもの丸屋根や鐘塔に注意を向けたが、夜の星々と同じくそれらの名前を上げることができなかった。（二三三頁）

どんな観光ガイドブックにも記載されているパリ有数の名所サクレ゠クール寺院にいざたどり着くと、ヴァランタンはなぜか「サン゠テスプリ教会」と比較しています。この教会はパリ十二区の彼の自宅近くにあるありふれた建物に過ぎません。サクレ゠クール寺院までの道のりで、軍神を祀るパリの宿命、過去から未来へと繰り返される戦争、要するに「世界の中心」たるパリの運命という、柄にもなく大きな事柄を思案していたヴァランタンが、ふと、ご近所のごく狭い領分のことを、つまり自らの足もとを見つめ直した瞬間です。ところが、パリを一望できる丘に立ちわが家を探し出そうとしても皆目見当がつかない。「（婦人用の）雑誌が今しがた明らかにしてくれた事柄」、通りの名の由来となった「ガリアの将師カムロゲネス」だの「巨人イゾレ」だのの知識は、自らの現実を把握しより大きな文脈に位置づけるためにはまったく役立たないのです。[17] こうして、ヴァランタンは〈知〉への不信を抱きはじめます。注目すべきなのは、「自分の居場所が分からない」という状況が通過儀礼的な新婚旅行での〈迷子〉と対応していることです。あの時、大都会で迷子になったヴァランタンは、意識的には「イエナ地名巡り」を、無意識的には「ナポレオン軍事史散歩」を行うことによって、パリと戦争との深い関わりを身体的になぞっていたのでした。モンマルトルで自らを見失いかけたヴァランタンは、目印となるモニュメントを一つひとつ確認することで、今度ははっきりとこの関係を意識することになります。『マリ・クレール』の解説によれば、アンヴァリッド、凱旋門、士官学校など、パリの主だった建築物はどれも「戦争にちなんだ起源や用途を有して」いる。「ということは、パリは軍神マルスに常に自らを捧げてきたのだろうか？」（二三四頁）。

こうして、〈知〉への不信から超越的なものへと傾き始めたヴァランタンにおいて、軍神マルスが〈信〉の象徴として浮上してきます。折しも、ジュリアを相対化し、彼女から独立しつつあった関係性もあいまって、ヴァランタンは宗教についても、「暇つぶしに過ぎない」とか「孤独な人間の慰めである」といったジュリアの受け売りから脱し、自分なりの見解を持つべきだと思い至るのです。すなわち、ヴァランタンにとって、「宗教は彼自身において、彼自身のためだけに、独自の魅力を持つべきである」と。なんと、宗教について〈独自の〉見解を抱くつもりで、〈独自の〉宗教などという矛盾した概念に到達してしまっている。そんなわけで、たまたま聖堂近くの辻公園で「ラ・バール騎士像」を見かけると、これを「鎖につながれたマルス像」だと思い込み、「自分ひとりだけの宗教」の神へと祭り上げてしまいます。ところが、そもそもラ・バール騎士は宗教を侮辱した廉《かど》で死刑になった十八世紀の無

ラ・バール騎士像

神論者なのですから、そうした人物の像は宗教のご神体としていかにもふさわしくありません。つまり、ヴァランタンにおいて、『マリ・クレール』に依拠した〈知〉がいびつだとするなら、誤解に誤解を重ねた「自分ひとりだけの宗教」もやはり出発点からして怪しさ満載なのです。スピリチュアル体験の端緒であったこっくりさんでも、円卓が「アルザス訛り」で話すなど、いかがわしい匂いがしていたように、小説の終盤にかけてヴァランタンが傾斜してゆく〈信〉の領域も、はなから正道を踏みはずしており、この方面での探求の行方が思いやられます。サクレ＝クール寺院での啓示の後、〈知〉から〈信〉への移行を外在化するかのように、ヴァランタンは日常生活においても占い師サフィール女史としてベールをかぶったままで生活するようになっています。もはや、占いは知的手管を駆使した世過ぎなのではなく、彼の思考様式にぴったり寄り添っていると誇示するかのように。

その服装のまま、日曜日の朝になるときまってサクレ＝クール寺院の前に行き、パリを見下ろしている鎖につながれたマルスの前で祈るのだった。そのせいでヴァランタンは急速にある種の信仰を抱くに至った。だから動員の掲示を見て、ヴァランタンは奇妙にも失望してしまった。八月にはいくらか散らばった客がふたたび押し寄せると、ヴァランタンは、明日のない日々がふたたび姿を見せたのを目にした人間のシニカルな態度で、顧客に平和という阿片チンキをふりまいてやった。戦争が布告されたとたん、サフィール女史は姿をくらました。ヴァランタンはわずかばかりの金を女中にくれてやり、戸を閉め、占い師の貼り紙をはがした。（二四五頁）

占いのみならず宗教もヴァランタンにおいてかつてなく重みを増しているようで、「ヴァランタンは司祭も、司祭の説教も信じていなかった」（二三四頁）とされ、とりたてて宗教に親和的でもなかったのに、「自分ひとりだけの宗教」については本当に信じ始めてしまったようです。なにしろ、これまで「戦争の勃発」だけをひたすら信じていたはずが、この宗教の御利益によって動員を回避できるとの「信仰」を抱いているのですから。その一方で、ヴァランタンは、手がかりに基づく推論というジュリアゆずりの手法、情報源を駆使した〈知〉による占いを放棄し、自らの信念にも「動員の掲示」という客観的情報にも反して、「顧客に平和という阿片チンキをふりまいて」います。つまり、〈知〉を蔑ろにしつつ平然と嘘をついているわけです。文通ですら嘘のつけなかったあのナイーブな兵士、百科事典を通読するほど素朴に〈知〉を崇めていたあの青年、かつてのヴァランタンからの変貌ぶりには驚くほかありません。

聖人への道

変貌ぶりに驚くと言えば、小説の最終二章におけるヴァランタンの、とりわけ入隊後のたたずまいは、冒頭での「無意識的な男」とはまるで別人と言ってよいほどです。一九三九年九月に戦争が布告されると、ヴァランタンも動員され、フランス西部の町ナントの部隊に入隊することになります。ところが、よく知られるごとく、翌年五月にドイツ軍が侵攻してくるまで、独仏間では「奇妙な戦争」と呼ばれる平穏状態が続きました。最前線から離れたナントはいっそう平和で、暇を持て余した部隊員たちは資料整理に精を出しますが、それが済めばもうやることもなく、おのおの妻子を呼び寄せたり、トランプや酒に熱中したりと、戦争のさなかにもかかわらずまったくの無為が出現してしまうのです。暖かい室内で日がな一日遊び暮らし手の込んだ食事が与えられるという、快適この上ない状況において、ヴァランタンは予想もつかないことを思いつきます。

その冬の半ばごろ、ヴァランタンは聖人になってみようと企てた。〔…〕二等兵のもう一人のヒマ人で、ふだんは司祭をしているフォワナールが、その問題に関する入門的な参考資料をたっぷりと無償で持ってきてくれた。（二五二―二五三頁）

砲弾の飛び交う戦場で死の恐怖におびえるあまり宗教に救いを求めるというのなら理解もできますが、ぬくぬくと暮らしつつ退屈を持て余した挙げ句、「いっちょう聖人にでもなってみるか」とでも言うような軽挙は滑稽という他なく、その動機はまったく不可解です。しかし、サクレ＝クール寺院での啓示以来、ヴァランタンが〈信〉の領域に傾斜しつつあったことや、彼においては無為がスピリチュアルな探求を呼びこみがちであった前例を考慮すれば、戦場での宗教志向は必ずしも唐突ではないのでしょう。無為がスピリチュアルな探求につながった前例とは、時計の凝視、すなわち「現在時の探求」のことです。動員直前に列車で隣に乗り合わせた男に向かって、ヴァランタンは時間について考えることは「精神を高めてくれる」と述べており、マシュレが指摘していたように、時間の凝視が精神修行にもなりうることを当人も自覚していることが分かります。他方で、ヴァランタンは聖人を目指しつつも〈知〉の圏域を完全には脱しておらず、当初はミサなどの宗教実践には関心を示さず、

「入門的な参考資料」や「聖人伝」を学ぶことで目的に達しようとしている。つまり、サクレ＝クール体験によって前景化された対立、予言の中核をなす〈知ること〉と宗教や神秘体験における〈信じること〉の対立は、聖人を志すこの段階でも残存しているわけです。

すでに見たとおり、コジェーヴはヴァランタンを賢者に見立てているのですが、『人生の日曜日』には「賢者 sage」という言葉は見当たらず、出てくるのは「聖人 saint」のほうだけなのです。作品中では顕在化していませんが、この賢者と聖人の対比も、〈知ること〉と〈信じること〉の対比に連なりうるものです。コジェーヴによれば、ヘーゲル的な〈知恵〉とは自己を十分に知りつつ完全に満ち足りている状態のことを指すのですから、〈知〉こそが賢者を特徴づける資質とも言えるでしょう。〈歴史の終わり〉に出現するとされるコジェーヴ的賢者は、歴史の進歩が止まりすべてが反復でしかなくなった地点に立ち、戦争が繰り返されることも「知っている」というわけです。けれども、すでに確認したとおり、〈知ること〉と〈信じること〉の対立構図の中に置き直すなら、ヴァランタンによる戦争の予見はむしろ〈信じること〉の側に位置していました。世界情勢を知的に分析して予測していたわけではなく、マダガスカルの死体のように戦争も掘り返されるはずだという、根拠のない信念に基づき予言していたわけですから。ヴァランタンは小説の序盤からずっと戦争の勃発を「信じていた」ことを考えると、終盤における聖人志向も決して唐突に現れたのではなく、当初からの性向が戦場という異常な環境で純化されて表出したのかもしれません。

ここまで見てきたように、小説第二〇章の末尾では、ヴァランタンの振り子はぐっと〈信〉の側に振れているのですが、サクレ＝クール体験による〈知〉への不信を相殺するかのごとく、聖人願望もすんなり成就することはありません。ヴァランタンは掃除や皿洗いなど人の嫌がる仕事を進んで引き受けますが、ふと気づくと、こうした自己犠牲に満足し歓びを感じている自分がいる。不純な動機が透けて見えるからには「聖人になるという道を一歩も踏み出してさえいない」(二五四頁)と反省せざるを得ません。そもそも、ナントの部隊が激しい戦闘を行っていたり窮乏生活を送っていたりするなら、自己犠牲の機会には事欠かなかったでしょうが、なにしろ戦況はべた凪《なぎ》状態です。「縮小された留守部隊で生活を送っても、〔…〕まれな徳を実践する機会には大して恵まれやしない。タバコや安物の赤ワインを断ったり、トランプや毎週の映画を軽蔑したりしても、せいぜいこれ見よがしの身振りになるくらいで、実際の効果なんてありゃしない」(二五四頁)。

こうして、聖人への道が平坦ではないことを暗示しつつ第二〇章は閉じられ、続く最終章は「あいつを見つけたぞ!」という義弟ポールによる親族への報告によって幕を開けます。一九四〇年のドイツ軍侵攻を受けてナントの部隊は南方に撤退したため、ヴァランタンの行方は親族にも分からなくなっていたのでした。最終章におけるヴァランタンの一時的行方不明は、小説序盤における軍名簿への不記載のエピソードと対をなしています。実際、第二章で軍名簿の調査に協力していたボルディユ大尉が再登場し、訪ねてきたジュリアら親族に待避前後のヴァランタンの様子を証言しているのです。大尉によると、ヴァランタンはすでに動員を解除され、部隊で宗教の手ほどきをしてくれたフォワナール神父の伯母宅に身を寄せているとのこと。親族たちはあちらこちらとたらい回しにされるわけですが、こうした右往左往ぶりは、我々読者の戸惑いを先取りして小説内に取り込んだものとはみなせないでしょうか。というのも、唐突に聖人を目指し始めるあたりからヴァランタンの真意は摑みづらくなって心理的な不透明さが増すことに加え、彼の言葉も直接話法で記されなくなるため、読者にとって彼は小説の前景からフェードアウトしたも同然なのですから。最終章におけるヴァランタンは、周囲の人々の話題となり視線の対象となるだけで、あたかもジュリアの視線によって救いだされる以前の、あの無意識の暗闇に舞い戻ったかのような感すらあります。

というわけで、ジュリア一行がフォワナール神父の伯母宅を訪ねると、お約束のように、ヴァランタンはすでにパリに向けて出発しており、またしても再会はかないません。同行していたポールが、戦争をヴァランタンがどう考えていたのかと神父に尋ねると、「みんなと同じですよ、何にも知りませんでしたな」（二六五頁）との素っ気ない答え。神父はさらに、あの男は聖人ではなく「苦行者」ないし「穏やかな無神論者」なのだ、という見解を示した上で、ヴァランタン当人の自己意識を次のように述べています。「［ヴァランタンが］一種の苦行を試みたとしてもですね、少なくとも断言できますが、自分には予言の才能があるなどとは決してうぬぼれなかったということです」（二六五頁）。つまり、ヴァランタンは戦争を知的に把握することもできず、かといって、ジュリアのように超自然的な方法で未来を予見することもできない。そして、サクレ＝クール体験以来の〈信〉への傾斜を受けてか、一見唐突に始まった聖人修行も袋小路に入り込んでいるわけで、〈知〉を見限って反対方向に振れたものの〈信〉の側にも活路を見出せずにいる、というのが小説の最終場面におけるヴァランタンの状況なのです。

庶民の知恵

ジュリア一行はヴァランタンと同じ列車でパリに戻るべく駅に向かいます。新婚旅行の際、夫の座席を確保した如才なさを発揮し、ジュリアは超満員の列車の中でちゃっかり窓側の席をおさえてしまいます。妹夫婦のポールとシャンタルは雑踏の中でヴァランタンの姿を探しまわるも見つかりません。ジュリアのほうは、ここで夫と会えなくてもパリで必ず会えるのだからとたかをくくって、車窓からひとごとのようにホームの騒ぎを眺めています。小説の終結部を読んでみましょう。

プラットホームでは、途轍もなく群衆が沸き立ちつづけていたが、空っぽの列車が入ってきて反対側の線路に停まると、まるで襲撃のようになった。身軽なヤツ、でっかいヤツ、小ずるいヤツの間で乱暴な戦いがはじまっている一方で、老人や妊婦も果敢に自分の運を試そうとしていた。ジュリアはこの愉快な光景を楽しんでいたが、そのとき突然、ヴァランタンの姿を見たのだ。ヴァランタンもまた無感動にじっとしたままこの騒ぎを見ていた。ジュリアはすぐさま反応しなかった。危うくその名を呼ぼうとしたが、思いとどまった。というのも、ヴァランタンは動きはじめたところで、なかなか巧みな作業に手を染めたところだった。不可解にも登山家の格好をした三人の若い娘が、この衣装だからこそ許されるはしたなさでもって、窓から客車内によじ登ろうとしている。ヴァランタンは娘たちに近づいて、三人の企てを親切に手助けしている。

ジュリアは息がつまるほど笑った。というのも、それは娘たちの尻に手を当てるためだったか

らだ。（二六六―二六七頁、強調は引用者）

『人生の日曜日』では、序盤から回想や壁画などを通じて繰り返し過去の戦争が喚起されつつも、迫り来る戦争は不安のままに宙吊りにされ、昔日の戦場への言及が散発的になされるだけでした。小説の終盤に至ってようやく、独仏戦争が物語と並行して喚起されるものの、「奇妙な戦争」の期間であるため、戦闘行為が描かれることはありません（殺戮《さつりく》や銃撃はヴァランタンの夢やポールによる報告を通じて現れるのみです）。その意味で、ジュリアとヴァランタンの眼前で展開される争いは戦争の代替として機能しつつ、これを矮小化しているとも考えられるでしょう。登場人物たちは戦争が起きるのか否かさんざん話題にするものの、その結果を真剣に憂えているのはヴァランタンだけであり（「今日はじまってしまったら、徹底的なものになるだろう」七〇頁）、ポールは銃製造業の商機ととらえ、占いの客の一人は支配階級へのいい教訓とみなしているほどで、戦争の話題は人びとのあいだで、万博やサッカーの試合と同等の世間話に格下げされていたのでした。「格下げ」と言えば、すでに見たとおり、他人の未来や内心を「見抜く」能力は、ジュリアにおいて、真正なものとされたり裏のカラクリを暴かれたりしつつ、曖昧な価値づけに留められていました。本当のところ、ジュリアに「見抜く」力はあるのか、ないのか。ヴァランタンが娘たちの乗車を手助けした動機、ジュリアが「見抜いた」つもりになっている内心の動機が示され、小説は閉じられます。けれども、シュザンヌ・メイエ＝バゴリーが指摘するとおり[18]、ヴァランタンの真意が〈親切心〉だったのか〈助平心《すけべごころ》〉だったのかを知るすべはなく、ジュリアが正しく「見抜いて」いるのかどうかは結局分からないまま、彼女の千里眼の実効性は宙吊りにされたまま終わっているのです。

いかにも尻切れトンボという印象を残す結末ですが、ここにこそ『人生の日曜日』の発するメッセージが現れているのではないでしょうか。戦争が始まり駅は群衆で大混乱しているという状況において、もはや未来であれ人心であれ、また知的方法によってであれ超自然的方法によってであれ、「見抜く」能力などには大した価値はなく、混乱をたくましく生きぬく娘たちやヴァランタンの〈行動〉にこそ意味がある。この結末はそう示唆しているようにも思われるからです。先に見たとおり、召集されてからのヴァランタンは、フォワナール神父によって「みんなと同じ」で「何も知らなかった」と証言され、「穏やかな無神論者」と評されていました。小説の中盤以降、ヴァランタンがその両極のあいだで揺れ動いていた〈知〉も〈信〉も、もはやどちらも否定されているのです。ヴァランタンはもとより〈賢者〉ではありませんが、さりとて悟りきった〈聖人〉にもなれず、平凡な庶民であり続けているに過ぎません。まるで人生の暗喩であるかのような、人びととの小競り合い、せこい席取りゲームにも超然たる態度をとり続けるわけにはいかず、取るに足りない行動によって、つまり娘たちを助けることによってそこに介入しています。窓からの不正侵入の手助けという、称讃さるべき善行でも断罪さるべき悪行でもない、ほんのささやかな行為。そもそも、群衆が繰り広げている席取りゲームなど、どう転んだところで、最悪でも立ち通しになるだけのこと、たかだか「運試し」でしかありません。庶民の人生そのものを思わせる列車での席取りゲームに際し、ヴァランタンがとる行動は、〈知〉とも〈信〉とも無縁ですが、確実に有効な人助けとなっています。すでに引用したこの小説のエピグラフが思い起こされます。「……人生の日曜日こそが、すべてを平等にし、すべての悪しきものを遠ざけるのだ。これほど上機嫌になれる人間たちが根っからの悪人だったり下劣な人間だったりするはずがない」。『わが友ピエロ』の主人公や『ルイユから遠くはなれて』のジャックとミシューが、それぞれ、コジェーヴ的な意味からはズレつつも、〈知恵〉に接近していると見なしえたのに対し、ヴァランタンはむしろ、一度は近づきかけた〈賢者〉や〈聖人〉から離れ、ふたたび一庶民に戻っているようにも感じられます。「根っからの悪人」や「下劣な人間」からはほど遠い、上機嫌な庶民。しかしながら、クノーにとって、賢者と庶民という両端は、輪を描いて接しているのかもしれません。あるインタビューで述べているように、庶民は「非常に立派な考えを持っていてとても賢く」、「人生の日曜日」を過ごす彼らが「幸福なのももっとも」だというのですから[19]。小説を通じてずっと対比されていたのは、ナポレオンのような英雄が引き起こす〈戦争〉と、そんな戦争の気配を気にかけつつも格下げしてしまう、本来的に賢い庶民の〈日常〉なのであり、一見中途半端な結末が示唆しているのは、不穏な時代をずぶとく生きぬく庶民のたくましさなのではないでしょうか。

他愛ないおしゃべり

歴史がいかに進行しようとものんきに生き抜く庶民のたくましさは、また、小説の相当量を占める他愛ないおしゃべりによっても印象づけられます。ヴァランタンが通うビストロでも、客たちはさかんに言葉を交わしています。

人びとは話し、ヴァランタンは耳を傾ける。自分も少しはしゃべる。よそよそしく見えないように。みんなは「三十七年の博覧会」のことを話題にしていて、ひょっとするとストライキのせいで開かれないかもしれないが、開かれれば商売繁盛となるだろう。スペインと人民戦線の話は控え目にである。とりわけ話題に上るのは、自転車競技とサッカーと競走馬の品種が改良されたことだった。ヴァランタンは頭を振ってうなずいたり、微笑んだり、新聞で読んだ文句を繰り返したりする。〔…〕最後には界隈の細々した事件も話題になる。(一四〇頁)

万博を頓挫させかねないストライキは組合活動と深い関わりをもっているわけですが、ヴァランタンの額縁屋の前オーナー、シニョル氏の商売が立ちゆかなくなったのは、お抱え職人が組合活動を始め、額縁の納入額をつり上げたからでした。その背景にフランス人民戦線の成立があったことも直前の章に記されているとおりです。一方、ここで話題になっているスペイン版人民戦線がフランコ側との内戦に突入したことはよく知られています。スペイン内戦は諸外国の代理戦争の場となったため、新兵器が次々に投入され残虐行為が発生したと言われています。つまり、ビストロの客たちは、自分たちの商売を左右しかねない内政状況から、迫り来る戦争を予示するような国際紛争までを話題にしながらも、それらを「自転車競技とサッカーと競走馬」と同じ次元に並べてやり過ごしているのです。

先に、この小説の魅力はとりとめのない物語の展開にある、という芳川泰久の見解を紹介しましたが、物語のみならず登場人物たちのおしゃべりのとりとめのなさもまた、この小説の何とも言えない味わいをなしているように思います。ジュリアの母ナネットの葬儀の後、ヴァランタン夫妻とポール夫妻が昼食のテーブルにつくと、そこにはヴァランタンの苦手な牡蠣《かき》が並んでいます。

「すごいぞ」とポールは言いながら、牡蠣を飲み込んだ。

ポールの機嫌は申し分なかった。その思いは欲得を離れた思念の海を自在に漂っていた。

「ねえ、ヴァランタン、マダガスカルにもシャクナゲはあるのかな?」

「シャクナゲなんてどうでもいいわよ」とジュリアが言った。「ねえ、むしろ、ヴァランタン、もしかして牡蠣が好きじゃないんじゃない?」

「うん、あまりね」とヴァランタンは答えたが、意気が上がらなかった。

「大嫌いということね」

「ぼくは食べないんだよ」

「どうして?」

「生きてるからさ」

他の三人は、ふわふわした二枚貝を突き刺したフォークを空中に持ったまま、固まってしまった。

「何て言ったの?」とジュリアがひそひそ声で訊いた。

「生きてるって言ったのさ。生きてるやつは食べないんだ、ぼく」

「でも、こいつらが生きてるって、そうわたしに言うつもりじゃないよね」

「まあほとんど生きてるようなものさ」とポールが言った。

「生きてるさ、きみやぼくと同じようにね」とヴァランタンは言った。(一一六―一一七頁)

こんな調子で数ページにわたり、牡蠣は生きているのか死んでいるのか、動物なのか果物なのか（フランス語では海の幸を「海の果物」と呼ぶため）、会食者たちは侃々諤々《かんかんがくがく》の議論を続け、ときに「マダガスカルにシャクナゲは存在するのか問題」をむしかえすのです。もうほとんど意味など考えても仕方がないような流れであり、〈とりとめのなさ〉そのものを味わうよりほか受け取りようがないような気がしてきます。牡蠣とマダガスカルには何の関係もなさそうですが、この場面の最後になって、両者の結びつきがぼんやりと浮かびあがってくるのです。牡蠣は生きているから食べない、というヴァランタンの言い分にジュリアは反論し始めます。

> 「〔…〕第一、この動物はね、そりゃあ生きてる可能性だってあるけど、三十分もすりゃあ、いずれにしたってみんな死んじまうんだから。だってわたしが食べ残し、女中が食べ残したやつは、そうそう女中にいくつか残しておかなきゃいけないけど、いいかい、ゴミ箱に捨てることになるんだよ。そうなりゃ、牡蠣だってくたばるのにずっと長くかかるんだよ、かわいそうさ。そのほうがよほど残酷じゃないか？」
> 「いまの話にはもっともなところがあるな」とポールはたやすく説得されて言った。
> シャンタルはまだためらっていた。
> 「さあ、この機会さ」とジュリアは妹に言った。「どうせ死んじまうんだから」
> そこで三人とも生きている軟体動物の摂取にふたたび没頭した。ヴァランタンは気晴らししよ

うと鼻の先をフォークで掻《か》いていたのだが、一方、他の連中は熱心に残虐行為〔cannibalisme〕にふけり、自分たちにはつらい努力をして牡蠣をいくつか女中に残さねばならなかった。重い霧のような幸福感がふたたび部屋じゅうに立ちこめていた。（二一九頁、強調は引用者）

十九世紀末にフランスの植民地となったマダガスカルでは第一次大戦をきっかけに民族主義運動が高まるのですが、フランス当局はこれに対して硬軟両面からの抑圧を加えていました。とりわけ、第二次世界大戦後、一九四七年の民衆蜂起では、徹底的な武力弾圧によって数千から数万人ともされるマダガスカル人が虐殺されたといいます。[20] しかし、当時のフランスでこうした事実を問題にしたのは、サルトルなど一部の知識人だけでした。一九五一年に執筆された『人生の日曜日』において、クノーが直近のこの虐殺を意識していたという証拠はありませんが、[21] やはり植民地だったモロッコでの従軍経験もある作家が、十九世紀末以来の苛烈な植民地政策に無関心であったとは思えません。実際、ヴァランタンも「メリナ族のハイン・テーニ」たちと戦った経験があるとされています。そうした背景を考慮すると、牡蠣の虐殺はマダガスカルでの植民地政策と重ね合わされているように感じられてきます。実は一九五〇年頃の草稿には、意識を残したまま食べられる牡蠣は「ちょうどナイフで殺されるメリナ族のハイン・テーニのように、機関銃で殺されるフランス人のように」これから何が起きるのか分かっているのだ、とはっきり記されているのです。[22] 決定稿においても、「生きている軟体動物」を貪り食らう会食者たちの「残虐行為」が、いわゆる「未開人」の蛮習とされる〈食人cannibalisme〉の語によって表現されており、西洋人側の植民地弾圧行為が皮肉に喚起されているとも考えられます。さらに、部屋に立ちこめる「重い霧のような幸福感」に、現地人の犠牲に立脚する西洋の繁栄とそれへの悔恨を読みとるのは深読みに過ぎるでしょうか。いずれにせよ、中里まき子が指摘するごとく、執拗になされる「マダガスカル」への言及は、西欧が経験したばかりの第一次大戦および迫り来る第二次大戦の裏面として、無視されがちだった植民地戦争を喚起していることは間違いありません。(23) もちろん、引用したようなとりとめのない会話を展開しながら、ヴァランタンら登場人物たちが西洋植民地主義の暴虐を意識していると言いたいわけではありません。その点は、ヴァランタンのパリ滞在が意図せずして「ナポレオン軍事史散歩」となっていたのと同様で、あくまで目配せは読者に対してなされているのです。それに、すべての〈とりとめのないおしゃべり〉に、このように大仰な意味が隠されているわけでもないのでしょうが、どこか心にひっかかる展開があり読み流せない言葉が発せられていることも確かで、そのことがまたこの小説独特の味わいをなしているとは言えそうです。

とりとめのなさ

小説のラストシーンとなる列車の座席争奪戦を読んだ際、庶民の賢さやたくましさをあまりに無邪気に持ち上げすぎなのではないか、と疑念を覚えた方もおられるでしょう。戦争を引き起こし無辜の民を弾圧するのは決まって邪悪なお上で、善良な庶民は降りかかった災厄を巧みにやり過ごしている……。そんな単純な図式で割り切れないのは言うまでもなく、クノーの小説の例にもれず、『人生の日曜日』の登場人物たちも、善良さとともに狡猾さや邪悪さも兼ね備えているのです。先ほど引用した牡蠣の場面の前では、葬儀の直後だというのに、ジュリアとポールが、相手が遺産目当てにナネットを殺したのではないかと互いに疑い責め合っています。さらに、こうしたいかにも不謹慎で下品な言い争いから涼しい顔で距離を取っているヴァランタンにも、思いがけない腹黒さをかいま見せる瞬間があるのです。食料品屋のウーセットと額縁屋のヴァランタンはカフェで互いの商況を尋ね合っています。

「それで、あんたのほうは？」とヴァランタンは訊いた。

「食料ってのは」とウーセットは軽蔑したように言った。「食料ってやつは、いつでも景気はいいんだ。仕事が繁盛しているときは、うれしくてよく食うし、景気が好くなくなっても、自分をなぐさめるためによく食うのさ」

「悲しいときも食らうのかな？」とヴァランタンは言った。

「なら、葬式の後のたらふく飲み食いする宴会はどうだい？」

「そいつはたぶん、とてもうれしいからだろう」

この返事を聞くと、ウーセットはふたたび探るような視線をヴァランタンのほうに向けた。

「すべての人間は卑劣な野郎だとでも思ってるのかい？」と食料品屋は言った。

「まさか、とんでもない！」（一九四頁）

ジュリアやポールたちがナネットの葬儀後に牡蠣を貪り食っていたように、人びとが葬式の後でたらふく飲み食いするのは「とてもうれしいからだ」と言い切ってしまうヴァランタン。彼の持ち味だったはずの〈無邪気さ〉からは到底予想できない、皮肉で醒めた観察眼を発揮しています。確かに、ヴァランタンこそ、クノー的登場人物の特徴である「無邪気さと狡猾さの二面性」（プィユー）を、もっともよく体現する登場人物なのです。[24] そして、ヴァランタンの狡猾さがもっともよく現れているのは、こうした意地悪な人間観察などよりも、妻の妹であるシャンタルと深い関係になりつつ特に悪びれたり後悔したりする様子がない点でしょう。無邪気さと狡猾さという相反する性質を兼ね備えているせいか、冒頭の年増女性との結婚から、妻の親族との浮気や、勉学や宗教への傾倒を経て、戦地での聖人修行に至るまで、ヴァランタンの行動は人間心理の分析や出来事の因果関係からは予測し難く、つねに予想外の展開を見せます。それこそが芳川泰久の言う〈とりとめのなさ〉なのですが、〈物語展開の予測〉の困難は、〈未来の予測〉という小説の主題を反映しつつ、それを物語世界のメタレベルで実演しているものとも考えられるでしょう。そして、注目すべきなのは、とりとめのない会話に参加する登場人物たち自身が「話の筋道を失って」、「不安でいっぱいになって」しまったり（九七頁）、相手から話を聞かされても「その事の何が面白いのかよく分からなかった」（一〇一頁）といった感想をもらしたりしていることです。まるで、『人生の日曜日』という正体の摑みづらい小説に対する読者の反応が、あらかじめ作品内に取り込まれているかのようでもあり、〈とりとめのなさ〉が意識的な産物で、ある意味では、小説の主題そのものでもあることがうかがわれるように思います。『わが友ピエロ』や『ルイユから遠くはなれて』とは異なり、『人生の日曜日』においては主人公ヴァランタンの成長ないし変化が特別な〈知恵〉の獲得にはつながっていません。しかし、その代わりに、庶民の意外な賢さやたくましさが見直され、人間や世界の一筋縄ではいかない複雑さが浮き彫りにされており、小説を読む読者にこそ〈知恵〉の獲得が促されているようにも感じられます。

註

（1）Henri Godard, « Préface : Queneau et la fiction », dans Raymond Queneau, *Romans II*, Gallimard (Bibliothèque de la Pléiade), 2006, p.XVI.
（2）マシュレ、前掲書、八三頁。
（3）*Ibid.* 実際にはイエナの戦いは一八〇六年に起きている。
（4）John Updike, *Navigation littéraire : essais et critique*, traduit par Daria Olivier, Gallimard, 1983, p.251.
（5）Makiko Nakazato, « Roman philosophique » 仏語仏文学研究（東京大学）、第27号、二〇〇三年、二三九頁。
（6）Pierre Macherey, « Queneau scribe et lecteur de Kojève », *Europe*, n° 650 / 651, juin-juillet 1983, p.89.
（7）Paul Gayot, « Notice » du *Dimanche de la vie*, dans Raymond Queneau, *Romans II*, Gallimard (Bibliothèque de la Pléiade), 2006, p.1669.
（8）Godard, *op.cit.*, p.XXII.
（9）Suzanne Meyer-Bagoly, « Devine (ou sait-on ce qu'on sait dans *Le Dimanche de la vie* de Raymond Queneau ?) », *Australian Journal of French Studies*, vol. XL, n° 1-2, janvier 2003, p.88.
（10）Paul Gayot, « Madagascar et Valentin Brû », *Dossiers du Collège de 'pataphysique*, n° 20 / 22 gidouille 89 EP [vulg. 6 juillet 1962], p.33.
（11）Franck Evrard, « Le Paradoxe du cadre dans *Le Dimanche de la vie* de R. Queneau », *Cahiers Raymond Queneau*, n° 8 / 9, 18

juin 1988, p.49-50.
(12) ジャック・アタリ、蔵持不三也訳『時間の歴史』ちくま学芸文庫、二〇一二年、三三五―三三七頁。
(13) 佐藤信夫『レトリックの記号論』講談社学術文庫、一九九三年、二一六―二一七頁。
(14) Paul Gayot, « À travers le Paris de Zazie et de Valentin Brû », Dossiers du Collège de ‘pataphysique, n° 20 / 22 gidouille 89 EP [vulg. 6 juillet 1962], p.28.
(15) Brunella Eruli, « Valentin, Marie-Claire et Hegel : Un Voyage dans Paris », *Cahiers Raymond Queneau*, n° 17-19, juin 1991, p.32.
(16) Raymond Queneau, *Connaissez-vous Paris ?*, Folio, 2011.
(17) Eruli, *op.cit.*, p.32.
(18) Meyer-Bagoly, *op.cit.*, p.91.
(19) Claude Simonnet, « Réflexion de Raymond Queneau l'auteur » (Interview radiophonique sur la version cinématographique du *Dimanche de la vie*), *Amis de Valentin Brû*, n° 16 / 17, septembre 1981, p.43.
(20) 藤野幸雄『赤い島：物語マダガスカルの歴史』彩流社、一九九七年、一八六―一八八頁。
(21) 一九五一年二月一六日のクノーの日記には「マダガスカルについてのきわめて興味深い映画」を観たと記されている。クノーはこのドキュメンタリーによって死者の埋め変えの風習を知ったようであるが、一九四七年の民衆蜂起についても同じ映画から何らかの情報を得ていたのかもしれない。
(22) « Appendices » du *Dimanche de la vie*, dans Raymond Queneau, *Romans II*, Gallimard (Bibliothèque de la Pléiade), 2006, p.1454.
(23) Makiko Nakazato, « Communication ironique dans *Le Dimanche de la vie* de Queneau », *Etudes de langue et littérature francaises*, vol. 85 / 86, 2005, p.154.
(24) Jean-Yves Pouilloux, « Queneau : Entre ironie et tendresse, pleurire aux larmes », *L'art et la formule*, Gallimard, 2016, p.99-100.

おわりに

コジェーヴの評論「知恵の小説」を導きの糸としつつ、クノーの三つの小説、『わが友ピエロ』、『ルイユから遠くはなれて』、『人生の日曜日』をひととおり読み直してきました。三作の登場人物のなかで、もっとも〈賢者〉のイメージに近いのはピエロです。ただし、ピエロが体現しているのは、「自分のことを十分に知りつつ完全に満ち足りている状態」というヘーゲル的な〈知恵〉ではなく、むしろ庶民が生きるために身につけた知恵、〈世間知〉とでも言うべきものでしょう。ムンヌゼルグのような狷介な老人の懐にもするりと入り込む〈人なつこさ〉、短期雇用の仕事を失い恋が順調でなくとも深刻に悩まない〈楽天性〉、ボールベアリングや礼拝堂などの発見につながった〈鷹揚さ〉、知りえないことや見えないことを弁える〈謙虚さ〉、破局的出来事をも受け入れうる〈無常観〉、そしてなにより、何も起こらない日々を幸福感で包む〈上機嫌〉。これらの性質は裏返せば、自我の未確立、その日暮らし、のんき、怠惰、諦め、現状肯定にもつながるわけで、知の勝った人間からは疎まれかねない資質でもあるでしょう。その日暮らしで怠惰に暮らし現状改善の意欲も持たない人々。悪意によって捉えられた庶民の姿とはそうしたものかもしれません。けれども、「庶民は立派で賢い」と述べるクノーは、〈庶民の知恵〉をピエロに授け、遊園地の焼失と動物園の開設という新たな時代の始まりに、余裕の〈笑み〉を浮かべさせたのでした。

『ルイユから遠くはなれて』の主人公ジャックは、なりたい自分になれず、生業もうまくいかず、求める愛も得られないというぐあいで、思い通りにならない人生を送っています。そもそも「満ち足りていない」のですから、ジャックにヘーゲル的〈賢者〉の資格はないわけですが、ピエロのように庶民の知恵を身につけているとは考えられるでしょうか。ジャックはピエロほどの社交性も楽天性も謙虚さも備えているようには見えません。冴えない暮らしをしていてあれこれ悩む機会が多いため、ピエロのような上機嫌にも恵まれていない。ただ、煩悩に満ちたつらい人生を、映画を始めとする想像によってやり過ごしていること、この一点にならジャックの知恵を認めることができるかもしれません。しかしながら、『ルイユから遠くはなれて』では、主人公ジャックの成長が描かれているにもかかわらず、その到達点たる「ハリウッドの映画スター」は、持ち味の知恵をよりよく体現しているように見えません。ジャックの進化形であるジェームズ・チャリティーは見栄っ張りかつ軽薄であり、言葉の普通の意味でも賢者とは呼びかねる俗人に過ぎないのです。知恵の観点からは、主人公が時間の経過とともにむしろ退化しているようにも感じられる点が、『わが友ピエロ』との大きな違いでしょう。ピエロは小説を通じて大きくは変わらず、初期からいわゆる世間知を備えていました。遊園地の焼失という事件を経て、「世の中のカラクリを知り尽くすことはできない」との認識を新たにしてはいますが、それとてピエロ本来の資質を根本的に覆す変化ではありません。けれども、『ルイユ』におけるジャックの退化が示唆しているのは、庶民的な知恵とは特定の個人によって担われるべきものではなく、世代を通じ集団によって伝えられていくものだ、という思想なのです。庶民的知恵を備えた賢者などはそもそも語義矛盾であり、そんな人物はすでに庶民ではありません。ピエロが固有名ともあだ名ともつかぬ名前を持っていたことはこの点で示唆的であり、彼は具体的な一庶民の地位を抜け出て賢者の類型に属していたのだとも考えられるでしょう。庶民の生き方の知恵とは、いずれ別世界へと消え去るはずの大人物を生み出すことではなく、自分たちなりの存在様式を子々孫々へと安定的に伝えていくことなのです。しかし、それなら、庶民という集団が生き残るために、個人は犠牲にされてもいいということなのか。もちろんそうではなく、個々人もまた、現実を夢で補いつつ想像と実際が入り混じった人生を生き、そうすることで現実のつらさを耐え忍んでいくのでしょう。そのような集団と個人のあり方が、『ルイユ』から感じられる庶民の知恵なのでした。

ヘーゲル哲学への明白な参照が見られる『人生の日曜日』は、〈歴史の終わり〉や〈賢者〉の概念による解釈を一見もっとも自然に受け入れるように思われます。しかしながら、その主人公ヴァランタン・ブリュはピエロに似て上機嫌ではあるものの、自我が確立しているとすら言い難い「無意識的な」男であり、ヘーゲル的〈賢者〉ではありえません。ヴァランタンは戦争を予見しているように見えることから、しばしば〈歴史の終わり〉に立脚しているとも見なされますが、〈知ること〉や〈信じること〉との関係、あるいは、時間との関わり方において、ピエロやジャック以上に変化を続けるこの〈探求者〉が、静的な終着点から俯瞰している賢者であるはずはないのです。この小説では、遊園地の焼失や映画界での栄達など、事件や達成がまったく生起せず、あたかも本当の庶民の生活を突きつけるかのように、まったりと続く日常だけが描かれています。そうした淡々とした日常のなかで、庶民にも容赦なく生起する、というよりむしろ、庶民を狙い撃ちして襲いかかってくる災厄として、〈戦争〉が問断なく顔をのぞかせるのですが、この災厄は庶民のとりとめのない〈おしゃべり〉によって背後に押しやられています。知識を得ること、未来を知ること、聖者になること、ヴァランタンはさまざまな探求を経た挙げ句、庶民同士の卑小な争い、席取りゲームのなかで、ささやかな手助けという〈行動〉を選択しています。賢者にも聖者にもなれないヴァランタンが到達した境地はこのようにささやかなものでした。最終場面に見られるヴァランタンの振る舞いは、庶民の知恵というほどのこともなく、彼らの生き方の一様態に過ぎないものでしょう。むしろ、とりとめのないおしゃべりに興じることで、ストライキも国際紛争もサッカーや競馬の話題と同列に格下げしつつ、不安や脅威をやり過ごす図太さこそが、庶民の知恵であり強さなのかもしれません。しかしながら、この小説はそうした知恵に主人公が到達する過程を描いているのではなく、むしろ、自らの生き方の中に潜在する力を認識すべく、読者にこそ知恵の獲得を促しているようにも思われます。

このように、クノーの三小説の登場人物は、「自分のことを十分に知りつつ完全に満ち足りている状態」という意味でのヘーゲル的〈知恵〉を備えているとは言えないものの、彼らやその周囲の人間たちは「非常に立派な考えを持っていてとても賢い」人々として描かれているのです。その意味で、コジェーヴの功績は、「ひとから知的だと言われたことなど一度もなかった」登場人物を〈賢者〉と結びつけた点にこそあり、概念や立論には多少の修正が必要だとしても、その慧眼はなお称讃されてしかるべきでしょう。

とはいえ、本書の本当の狙いは、思想家の手すさびに今さらの賛辞を付け加えることではありませんでした。たかが〈遊び〉、たかが〈冗談〉と軽んじられ、まともに読まれてこなかったクノーの小説には、実はきわめて豊かでシリアスな世界が広がっている。クノーの豊かさを具体例を通じて示しつつ、同時に、ピエロやヴァランタン・ブリュといったクノー的登場人物、「世の中ついでに生きている」連中の魅力を広く伝えること、それこそが本書における私の願いでした。プレイヤード版序文でアンリ・ゴダールが指摘するように、クノーの登場人物たちは、金銭も支配も優越感も、労働すらも幸福をもたらさないことをよく承知しています。彼らは社会の底辺に身を潜めることによって、競争、所有、欲望、憎悪、敵意といった、現代社会の毒から身を守っているのです。ピエロがクノーの理想像であったように、これらの登場人物は現代社会で病む我々の理想像であり解毒剤でもありうるでしょう。

しかしながら、理想だけを提示する文学も読者を鼻白ませずにはおきません。もちろん、クノーの小説世界がそんな代物であるはずはなく、ジャン゠イヴ・プイユーが言うように、世界と人間を和解させようとする温かい面と皮肉で醒めた突き放す面、普通は両立できないはずのこの二面が、クノーにおいては単に共存しているのみならず、互いに混じりあい絡まりあっているのです。『わが友ピエロ』での礼拝堂をめぐる陰謀、『ルイユから遠くはなれて』におけるシラミの象徴や女たちの二面性、『人生の日曜日』において庶民が見せる意外な腹黒さ、こうした〈裏面〉を思い浮かべるだけでも、クノーの世界が善良さや上機嫌だけから成っているわけではないことを得心できるでしょう。『プレイヤード百科事典』と『不正確科学百科事典』をともに編纂し、知の表と裏を網羅しようとしたクノーのこと、笑いは涙に裏打ちされ、表面上の気楽さには深い問いが隠されているのです。まさにピエロのように上機嫌なクノーの本質を、ウリポの盟友であり卓抜な批評眼を誇った作家、イタロ・カルヴィーノは見事に見抜いていました。「つねにもっとも楽でリラックスした姿勢で、まるで仲間どうしでカードゲームでもするように、こちらと肩を並べてくれ、たえずくつろぐようにと誘いかけてくれるこの作家は、しかし、ほんとうのところは、永遠に探りつくせない地平を背後に秘めていて、それが意味するもの、前提となるものが決して底をつくことがない人物なのだ」(『なぜ古典を読むのか』)。クノーの発見は今後に待たれているのです。

あとがき

　レーモン・クノーとの出会いは、フランス語を習い始めて二、三年経った頃、ふと手にした『文体練習』原書のペーパーバックだった。辞書を細かく引いていてというふうではなく、分かるところだけ読んだのだと思うが、大笑いさせられ、奇妙な作者のことが気になり始めた。その後どんな順番でクノーの作品を読んでいったのかはっきりしないが、とりわけ『わが友ピエロ』と『人生の日曜日』が好きになり、主人公のピエロやヴァランタンはまるで落語の与太郎みたいだと思った。与太郎はぶらぶらしているばかりで、生産的なことはおよそ何をやらせてもだめ。まわりからは愚か者だと思われているが、そうではないんだと喝破したのが立川談志である。いわく、「ありとあらゆる欲望を充たしてやるのが文明だと思い、信じ、正義とか正当とか称して、それに向って突き進んでいる人間社会に、与太郎は見事なまでに警告を与えている」（『新釈落語噺』）。人間は働くものだ、働かざるもの食うべからず、という世間の常識に潜む誤りや嘘を与太郎は見抜いているのだ、だから与太郎が馬鹿なはずはない、と。

　ピエロやヴァランタンも生産的な仕事はできないかわりに、たいした欲も持たず幸せそうにしている。まずはこういうキャラクターが好きになった。ところが、こういう一見ぼんやりした登場人物を生み出したクノーという人物は、膨大な知識を蓄え博識で知られる作家だったという。クノーのなかで、学問とか知識といったものには、いったいどういう意味づけがされているんだろう? そういう疑問を抱いていた頃、たまたま読んだ三輪秀彦さんのエッセーに、こんな一節を見つけた。「レーモン・クノーは、もしこういう表現が許されるなら、《正体が摑まえにくい》作家の一人だといえるだろう。いわゆる《難解な》作家とも少し違う。彼の詩や小説は、その俗語的使用法や言葉の遊技的側面を含めても、決して難解とはいえない。それでいて、彼の作品全体が、あるいは文学に対する彼の構えそのものが、いささかわれわれの文学的通念からはずれているのである」〔『集英社世界文学全集』第二三巻〕。この言い方を借りるなら「知に対する、通念からはずれたクノーの構え」が気になり始め、結局、大きな論文をひとつ書くまでになってしまった。

クノーは、『プレイヤード百科事典』企画時のパンフレットに、「嘘と誤りについての巻」も用意するつもりだと書いている。結局この目論見は実現しなかったのだが、「真実」の集成であるはずの百科事典に「嘘」や「誤り」まで含めようと考えるあたりに、知に対するクノーの独特な考え方がみてとれるだろう。クノーには、まことしやかな物言いや有無を言わさず押しつけられる真実への警戒感があるようなのだ。百科事典というものは、放っておけばみずから権威となり絶対的な規範になる危険をはらんでいるが、「嘘と誤りの巻」にはそのような百科事典の病を中和する意図が込められていたとも考えられる。

本書では言及する余裕がなかったけれど、クノーは詩人としても知られており、結構な数の詩集が刊行されている。『運命の瞬間』所収の一編で、冒頭から詩人は「詩なんてまったくたいしたものじゃない」と言い放ち、続く行では「せいぜいアンティル諸島のサイクロンか/中国海のタイフーンといったところ」と巨大災害と比較することで、逆説的に「詩」の大きさを歌いあげている。「たかが文学、されど文学」といった言い方はいかなる分野についても意味をもつものだろうが、この両面のうち、「たかが」と言える羞じらいをもったフランス作家は思いのほか少なく、尊大で大仰な物言いばかりが目につくなかで、クノーのこうした姿勢は貴重である。

知に対する、あるいは文学に対する、クノーの特異なスタンスの象徴としても、ピエロやヴァランタンといった登場人物は気になる対象だったにもかかわらず、これまで彼らにまとまった文章を捧げる機会を持てずにいた。年を重ねるにつれ関心の在りかが拡散したこともあって、今さら取り上げるチャンスはないだろうと思っていたのだが、いっとき夢中で読んだ作家の、もっとも愛着のある作品群を捨て置くのも忍びなく、住居が変わったのをきっかけとして初心に戻って書き始めたのだった。執筆中こそピエロを満たしたような幸福感に浸っていられたものの、校正中には「起きるはずがない」と考えられていた戦争の勃発によって冷や水を浴びせられることとなった。もとより世界情勢の帰趨を見定める千里眼など持たない私が「勝ったり負けたりしながら戦争は繰り返される」などと訳知り顔でいられるはずがない。

本書の執筆に際しては、岩手大学の中里まき子さんから貴重な資料を提供していただいた。また、大阪の通天閣には新世界ルナパークのジオラマ写真を提供していただき、間村俊一さんはこれをもとに素敵な装幀を施してくださった。「ルナ・パーク」の名を持つ遊園地は世界中に存在しており、明治・大正期には浅草や新世界でも営業していたのである。さらに書籍の刊行に際しては、白水社の鈴木美登里さんにお世話になり、貴重な助言を賜った。ご協力いただいた皆様に、この場を借りて深く御礼申しあげる。最後に、原稿を丁寧に読み、分かりにくい箇所を容赦なく指摘してくれた家族、妻・里香、娘・柚季、母・瑛子に感謝を捧げたい。

二〇二二年　三月

塩塚　秀一郎

レーモン・クノー　作品邦訳リスト

『わが友ピエロ』菅野昭正訳、『現代フランス文学13人集　3』所収、新潮社、一九六五年（→水声社、二〇一二年）
『きびしい冬』大久保清臣訳、集英社、一九六八年
『人生の日曜日』白井浩司訳、集英社、一九六八年
『青い花』滝田文彦訳、筑摩書房、一九六九年
『聖グラングラン祭』渡邊一民訳、中央公論社、一九七〇年（→水声社、二〇一一年）
『イカロスの飛行』滝田文彦訳、筑摩書房、一九七二年、ちくま文庫、一九九一年
『地下鉄のザジ』生田耕作訳、中公文庫、一九七四年、新版二〇二一年、白水社、一九八九年
『はまむぎ』滝田文彦訳、白水社、一九七六年、二〇〇一年
『文体練習』朝比奈弘治訳、朝日出版社、一九九六年
『オディール』宮川明子訳、月曜社、二〇〇三年
『あなたまかせのお話』塩塚秀一郎訳、国書刊行会、二〇〇八年
『棒・数字・文字』宮川明子訳、月曜社、二〇一二年

レーモン・クノー・コレクション（全一三巻、水声社、二〇一一―二〇一三年）
①『はまむぎ』久保昭博訳、二〇一二年
②『最後の日々』宮川明子訳、二〇一一年
③『リモンの子供たち』塩塚秀一郎訳、二〇一三年
④『きびしい冬』鈴木雅生訳、二〇一二年
⑤『わが友ピエロ』菅野昭正訳、二〇一二年
⑥『ルイユから遠くはなれて』三ツ堀広一郎訳、二〇一二年
⑦『文体練習』松島征・原野葉子・福田裕大・河田学訳、二〇一二年
⑧『聖グラングラン祭』渡邊一民訳、二〇一一年
⑨『人生の日曜日』芳川泰久訳、二〇一二年
⑩『地下鉄のザジ』久保昭博訳、二〇一一年
⑪『サリー・マーラ全集』中島万紀子訳、二〇一一年
⑫『青い花』新島進訳、二〇一二年
⑬『イカロスの飛行』石川清子訳、二〇一二年
別冊『百兆の詩篇』塩塚秀一郎・久保昭博訳、水声社、二〇一三年

評伝

ミシェル・レキュルール『レーモン・クノー伝』久保昭博・中島万紀子訳、水声社、二〇一九年

著者略歴
塩塚秀一郎（しおつか・しゅういちろう）
東京大学大学院人文科学研究科修士課程（仏語仏文学専攻）修了、パリ第三大学博士（文学）。
東京大学大学院人文社会系研究科教授。
著書『ジョルジュ・ペレック　制約と実存』、
訳書ペレック『さまざまな空間』『美術愛好家の陳列室』『煙滅』『傭兵隊長』『パリの片隅を実況中継する試み　ありふれた物事をめぐる人類学』、クノー『あなたまかせのお話』『リモンの子供たち』（日仏翻訳文学賞受賞）。

レーモン・クノー　〈与太郎〉的叡智

二〇二二年　四月二〇日　印刷
二〇二二年　五月一五日　発行

著　者 ©　塩塚秀一郎
発行者　及川直志
印刷所　株式会社三秀舎
発行所　株式会社白水社

東京都千代田区神田小川町三の二四
電話　営業部〇三（三二九一）七八一一
　　　編集部〇三（三二九一）七八二一
振替　〇〇一九〇-五-三三二二八
　　　郵便番号　一〇一-〇〇五二
www.hakusuisha.co.jp
乱丁・落丁本は、送料小社負担にてお取り替えいたします。

誠製本株式会社

ISBN978-4-560-09898-1
Printed in Japan

エクス・リブリス
EXLIBRIS

ハリー・マシューズ　木原善彦訳

シガレット

NY近郊の上流階級十三人の複雑な関係が、時代を往来しながら明かされる。絵画、詐欺、変死をめぐる、謎めいた事件の驚くべき真相とは？　精緻なパズルのごとき、超絶技巧の傑作長篇！